밥보다 여행

275일간의 세계 일주,
노마드 모녀여행

밥보다 여행

275일간의 세계 일주, 노마드 모녀여행

초판 1쇄 발행 2021년 4월 20일
초판 2쇄 발행 2023년 9월 1일

지은이 이상정
펴낸이 전지운
펴낸곳 책밥상
디자인 Studio Marzan 김성미
등록 제 406-2018-000080호 (2018년 7월 4일)
주소 서울시 은평구 녹번동 79-39 다원오피스 301호
전화 010-8922-2446
이메일 woony500@gmail.com
블로그 https://blog.naver.com/woony500
인스타그램 https://instagram.com/booktable1

ISBN 979-11-971046-7-1 03810 ©2021 이상정

밥보다 여행

275일간의 세계 일주,
노마드 모녀여행

이상정 지음

책밥상

'모녀 2018호'가 빚어낸 1도의 차이

긴 여행을 갔습니다. 엄마가 제안하고 아이가 받아들인 여행. 50대 후반의 엄마와 20대 중반의 딸아이가 세상 어딘가의 길로 나선 여행입니다. 365일로 기획했으나 275일까지 진행했고 남은 90일은 나의 주장이 아닌 아이의 요청에 의해 보충여행으로 곧 완료하기로 했습니다. 느닷없이 엄습한 코로나는 보충여행을 언제 해야 할지 미지수로 만들어버렸습니다만, 언젠가 마저 하리라 생각합니다.

2018년을 거의 바친, '노마드 모녀여행'이라 칭한 이 여행은 하고 나서 되돌아보니 살아온 날과 살아갈 날을 구분 짓는 굵직한 선을 그었습니다. 전과 후가 무엇이 크게 다르겠는가 생각했지만 이 여행은 살아갈 날의 방향타를 틀어버렸습니다. 바람과 햇살 따라 나아갔던 모녀의 2018호가 빚어낸 1도의 차이가 1년, 5년, 10년…… 후에 얼마나 큰 차이를 만들어낼지 모르겠습니다만 상당한 폭의 변화를 그려나가게 할 것만 같은 예감이 듭니다.

여행은 긴 생각을 남겼습니다. 긴 생각은 한 달, 1년, 2년이 지나도 매듭지어지지 않고 교차 연결되면서 더욱 증폭되어 갑니다. 긴 생각의 주요 화두는 '어떻게 살 것인가'로 귀착되었습니다.

여행을 하면서 매일 메모를 남겼습니다. 순간순간 오감을 자극한 생생한 감정을 다 기록할 수는 없었습니다. 메모를 다시 훑다 보면 2018년의 어떤 1초의 상황과 느낌은 현재와 연결되어 다시, 다른 모습으로 살아납니다. 오늘을 살피게 하고 가까운 혹은 먼 미래를 바라보게 합니다.

이 여행이 참 오묘합니다. 지난날 했던 어떤 여행보다 말입니다. 기억은 지워지지 않고 가슴속에 한가득 남아, 책으로 담아내자 했습니다. 반백 년, 사반세기를 살아온 두 사람의 시간과 공간, 각자의 세세한 경험과 체험이 문장과 문장 사이를 깊고 넓게 연결합니다.

여행책을 낸다는 시도가 무모하게만 느껴지는 코로나 시대에 책을 내겠다는 편집자가 갑자기 나타났습니다. 그녀, 전지운은 여행

책이라면 당연히 들어가는 사진을 한 장도 넣지 않겠다고 당당히 말했습니다. 당연한 세상을 거부하는 당돌한 그녀가 참 마음에 들었습니다. 사진 없는 여행 책이라…… 읽으면서 상상의 이미지를 펼치리라 생각하니 더욱 근사하게 다가왔습니다. 그 제안의 마지막 동사가 채 끝나기도 전에 나는 "그러마"고 확답했습니다. 또 다른 세상을 제시한 편집자에게 감사를 전합니다.

책을 읽으시는 분들의 오감을 긴장시킬 무수한 '또 다른 세상'에 설렙니다. 그런 맛에 275일의 여행을 진행했나 봅니다. 그런데 이 긴 여행의 가치는 여행, 인생, 삶의 동료인 딸아이와 함께한 데서 비롯됩니다. 하고 나니 먼 세상 어디로 떠나서가 아니라 딸아이와 함께하는 어느 곳에서라도 그러했을 거라는 생각입니다.

1년 여행을 이해하고, 딸과 손녀가 멀리 떠난 2018년을 꿋꿋하게 보내시며 응원을 아끼지 않으신 93세의 어머니, 중이 제 머리 못 깎는 법이라고 할 때 옆구리를 지속적으로 찔러, 여행 후 전시와

토크의 장을 열게 하고 책이 나오도록 글쓰기를 끊임없이 강조한 컨선월드와이드 이준모 대표의 편달로 게으름을 떨치고 책을 완성했습니다. 감사합니다.

2021. 봄의 한가운데
이상정

차례

Chapter 2 Flight 비행, 낯선 삶 위를

Chapter 3 Landing 착륙, 다시 일상으로

육아일기 대신, 여행기

어느 날 아이는 엄마가 최고인 줄 알았는데 아니야, 라며 툴툴 거렸다. 드디어 엄마에 대한 환상이 깨지는 청소년기에 진입 한 것일까. 이유를 묻자 아이는 "난 육아일기가 없잖아"라고 대답했다. 설명인 즉, 인터넷에 하루도 빠지지 않고 쓴 어떤 엄마의 육아일기가 떴단다.

"잘 쓴 글은 아니지만 정성이잖아. 난 없는데. 엄마는 그런 정성이 없었던 거야."

그래서, 밀린 여름방학 일기를 개학 전 며칠 밤 사이에 써내 듯 '육아일기 숙제'를 지금에 와서 하란 말이냐고 물었다. 아이의 대답은 "응".

앨범을 만들기는 했지만 육아일기는 쓰지 않았다. 아이가 참으로 소중해서 종이에 기록하지 않아도 모세의 십계명 새기듯, 아이와 함께하는 순간순간을 머리와 가슴속에 차곡차곡 각인하리라 감히 생각했다.

요즘 나는, 어제 점심으로 무엇을 먹었는지 한참을 생각하고 떠올린다. 솔직히 머릿속에 쌓인 기록을 뒤적거리며 아이가 일곱 살 여름에 뭐했지, 라고 물으면 멍해진다.

며칠 후에 빚쟁이처럼 아이가 대뜸 물었다.

"육.아.일.기. 숙제 다 했나요?".

흡!

"아니요."

짬짬이 기억 창고를 뒤지며 숙제를 하기로 했다. 여름방학 일기는 고작 이십 며칠이나, 나는 최종적으로 29년이나 밀렸다. 아이는 아직까지 "육.아.일.기."라고 낭랑하게 외쳐 나의 정수리에 담이 결리게 한다.

육아일기를 쓰겠다고 마음먹으면서 제목부터 아른거렸다. '잔잔한 말소리, 조용한 잔소리'라는 제목으로 엄마가 주고 싶은 이야기를 전하겠다고 생각했다. 사실 이 제목은 오래 전부터 궁리해왔던 것 중 하나다. 나는 아이가 살아가는 방법, 세상에서 '낚시질 하는' 방법을 글로 적어두려고 했다. 직장

생활은 과로와 무리의 연속이었다. 먼저 태어난 내가 먼저 세상을 떠나더라도 아이가 꿋꿋이 홀로서기를 할 수 있도록 일종의 생활지침서를 남겨주려고 했다.

중학교 졸업은 금세 닥쳐왔다. 글쓰기는 번번이 순위에서 밀렸다. 고등학교를 졸업하는 기념으로 완성해줘야지, 하고 한 번 연기했다. 사업을 벌인다고 또 미뤘다. 4년은 후딱 지나갔고 아이의 대학 졸업 날이 다가왔다. 여전히 쓰지 못했다.

함께 세계여행을 하겠다는 30년 묵은 버킷리스트는 아이가 고등학교를 졸업하는 해에 제안하려고 했다. 대학 입학식 전에 멋진 엄마 코스프레를 하며 이렇게 말하려고 했다. "인생 별거 없다. 긴 인생길에 한 해 쉬어가도 된다. 한 해 휴학하고 떠나자"라고.

막상 그해 겨울이 되었을 때 입도 벙끗 떼지 못했다. 아이가 휴학했던 한 해를 포함해 5년이 허겁지겁 지나갔다. 2018년을 놓치면 둘이 함께 움직일 시간은 요원했다. 마지막 기회에 올라타기로 했다. 아이야, 여행 가자.

여행길에서는 시간이 충분히 주어질 것이었다. 밀린 육아일기를 차분히 쓰기로 했다. 여행이 끝나는 날 깜짝 놀라게, 주려고 했다. 하지만 큰 오판이었다. 어느 때도 시간이 넉넉히 주어지는 법은 없다. 여행하면서 글을 쓰는 것은 사업하며 육아일기 쓰는 것 이상으로 버거웠다. 끄적대긴 했어도 밀린 일기를 완성하지는 못했다.

여행에서 돌아오니 92세 노모가 자서전을 써달라고 했다. 몇 해를 두고 계속 말씀하니 이 또한 더 미룰 수가 없었다. 잡지 한 권을 한 달 내에 만들 듯 그림일기 형식의 간단한 책을 딱 석 달 안에 만들어 드려야지 했는데 책을 출간하기까지 근 1년을 보냈다. 2019년 한 해가 그렇게 지나갔다.

게으름을 밀쳐내고 원고를 정리했다. 지인들 몇이 여행기는 언제 나오냐고 보챘다. 옆구리를 찔러서 모녀여행 275일의 기록을 책으로 엮었다. 육아일기를 대신하는 여행기를 아이에게 남긴다.

여행 가자, 365일

여행을 떠나기 두어 달 전쯤, 아이에게 대뜸 "365일 세계로 여행 가자"라고 했다. 아이는 아연실색한 표정이었다. 엉뚱한 발상과 제안으로 깜짝 쇼를 때때로 벌였지만 아이가 이런 표정으로 화답하기는 처음이었다. 그 울림이 너무 커서 오히려 내가 더 놀라고 당황했다. 1년을 여행하자는 제안이 이 정도로 정신적, 심리적 충격을 줄 수 있다는 사실을 처음 알았다.

25년간 한 공간에서 '따로 또 같이' 살며 우리는 맞물려 돌아가는 크고 작은 두 개의 톱니바퀴처럼 잘 굴러갔다. 아니, 비교적 그랬다고 생각한다. 26년째 되는 2018년의 1년 365

일, 하루 24시간, 총 6600시간을 호텔의 한 방에서 얼굴을 마주하고 삼시세끼를 같이 먹으며 보내는 여행자 생활도 지난 25년처럼 매끄럽게 보낼 수 있을까? 나는 당연히 잘 할 수 있다고 생각했다. 이것은 엄마의 생각이었다.

초등학교 5학년 즈음, 아이 방으로 들어가는데 침대 옆으로 뭔가 툭 떨어지는 소리가 들렸다. 아이가 뭔가 숨기고 있음을 직감했다. 빈 컵을 챙겨나가는 척하면서 건너편 침대 옆으로 갔다. 떨어진 건 만화책 〈궁〉. 만화책을 보지 말라고 한 것도 아닌데 왜 숨겼을까. '하지 말라'는 말은 거의 안 하는데 왜 움츠려 들었는지 의아했다. 혼날까 싶어 몸이 굳어져 그대로 누워 천장만 응시하는 아이를 보니 웃음이 났다. 시치미를 뚝 뗐다. "만화책이네?" 하면서 방바닥에 앉아 다 읽었다.

나의 어린 시절, 아버지에게 만화방은 '악동 범죄의 온상'이었고 여러 사람의 손을 탄 만화책은 불결의 대명사, 전염 바이러스 전달 매체였다. 만화방은 지나치면서도 곁눈질로 봐야만 했었다. 그 시대는 지나갔고 나의 임무는 아이가 세상을 넓게 바라보게 하는 것이었다. 취사선택과 현명한 판단은 아이의 몫이다. '나'를 통해 세상을 보는 아이에게 그 창틀이 너무 작지 않았으면 했다.

"가자, 만화방으로 가자. 우리 엉덩이 문드러지게 만화책 좀 봐보자."

밤 10시가 넘은 시간에 나섰다. 이때부터 아이와 함께 만화책에 본격적으로 빠졌다. 충분히 만화책을 빌려볼 수 있도록 만화방에 두둑이 '자금'도 적립해줬다.

야근이 거의 매일이었고 한 달 중 2번의 주말은, 촬영이든 마감 중이든 꼬박 일을 해야 했고 나머지 2주의 주말엔 밀린 집안일을 해야 했다. 내게 만화책을 볼 시간은 자투리 중 자투리 시간. 그래서 고안해낸 것이 '1박 2일 호텔 투숙 만화책 독파', 체크인해서 체크아웃까지 아이와 함께 원 없이 만화책을 보는 특별 프로그램이다.

만화 보다가 상 차리러 가고 설거지하러 가고 청소하러 가고…… 그럴 필요 없이 식당에서 차려진 식사를 뚝딱하고는 곧장 방에 와서 만화책을 보는 거다. 아이용과 엄마용 만화책을 두 개의 대형 장바구니에 가득 담아 호텔로 갔다. 벨 보이가 들 수 없을 정도로 신고 온 만화책 두 덩이.

이런 기뻤던 추억도 있으니 호텔에서 생활하는 것에 거부감은 당연히 없으리라 생각했다.

아이가 기저귀를 뗄 무렵, 만 두 살 반에 어린이집에 입학했고 나는 일을 시작했다. 아이가 예닐곱 살 되었을 때, 이 일자리에서 저 일자리로 건너뛰기 전, 6개월 정도 쉬게 되었다. 사실 그 다음 일거리가 잡힐지 아닐지도 모르는 경력단절의 불안한 상태였지만 돌아보니 그 반년은 맑디맑은 아이의 목소리, 말소리에 온전히 귀를 기울이던 시간, 아이와 달콤하게 여유를 부린 유일한 시간이었다.

참으로 즐거웠다. 아기 치타의 손을 잡고 가는 타잔처럼 아이 손을 잡고 동네를 걸어 다녔다. 내 손안에서 따뜻하고 작은 손이 꼼지락거렸고, 아이는 작은 다리로 경중경중 뛰었다. 동네 도서관에 가서 책을 골라 빌려왔고 해가 기우는 줄 모르고 둘은 책을 읽었다. 아이들이 거의 없는 놀이터 모래밭에서 놀다 집에 돌아오는 하루를 보내곤 했다.

야외 텃밭을 가꾸며 나비와 벌을 보고 꽃 향기를 맡았다. 아이의 맑은 웃음소리가 하늘로 퍼졌다. 세상에 이보다 더 아름다운 생명의 소리가 있을까. 우리는 6년 같은 6개월을 그렇게 함께 보냈다. 아이는 큰 저항 없이 내가 보여주고 들려주는 세상 속으로 순응해 들어갔다.

92년을 살아내신 나의 엄마는 지난 삶 속에서 속상하고 안 좋았던 순간은 기억나지 않는다고 했다. 안 좋았던 예를 들면 오히려 "그런 적이 있었어?"라고 반문한다. "인생이 그런 거지, 사는 게 다 그런 거지. 그런 것도 없이 어찌 살아"라고 덧붙인다. 어찌 그럴 수 있을까 의심이 들었는데 나도 아이와 함께 지낸 지난날을 떠올리면 좋지 않았던 기억은 없다.

지인들은 특별히 좋은 아이를 우리 집에 보내주었다고 말하지만 어찌 신이 우리 집에만 좋은 아이를 보내주었겠나. 돌이켜보니 고집부리며 양발을 구르고 떼쓰는 몸짓마저 귀여웠다. 엄하게 꾸짖으려 했을 때마저 속에서 터지는 웃음을 참아야 했다.

스물여섯 번째 해를 온통 함께 보낸다는 데 아무런 문제 의식이 없던 나는 오히려 그런 시간이 주어질 미래에 감사하며 두근거리기까지 했다. 아이의 생각도 마찬가지겠지라고 짐작했다. 그것은 말 그대로 나의 생각, 바람, 기대였다.

"1년 해외 여행……? 가자고? 예고도 없이 갑자기……?"

아이는 잠시 멍한 침묵만 흘려보냈다. 둘 사이의 애매한 고요를 깨고 "언제?"라고 물었다. 나는 대수롭지 않다는 듯 "1월 1일?"이라고 답했는데 아이의 눈빛과 표정을 보니 아무래도 불가할 듯했다.

'이 사안이 아이의 컨펌을 받을 문제야? 그냥 간다, 따라나선다 해야지.'

가슴 안쪽이 울렁했지만 나는 조용히 한 발 물러섰다.

"준비되는 대로. 우리 둘이 하는 여행이니 우리 둘에게 맞추어 한 달 후? 한 달 반 후? 비행기표 구할 수 있는 정도 여유 두고?"

나는 대답했다. 아이가 다시 물었다.

"어디로?"

오늘부터 우리가 정하는 데로, 라는 답을 하고 보니 아무런 준비도 대책도 없는 무책임한 덜렁이 엄마의 모습으로 내비친 셈이 되었다. 트렁크 하나씩 들고 무작정 떠나자며, 무지하고 무모한 행동의 공범자를 구한다고 발설한 듯했다. 세상의 중심은 '우리'이고 우리가 결정하는 대로 떠나고 멈추고, 먹고 자고 보고 듣고 걷고 쉬자고 했다. 구차한 상태를 대변하듯 답이 길어졌다.

아이는 생각할 시간을 달라고 했다.

'생각할 시간을 달라니. 이런 적반하장, 어처구니 없는 답을 듣다니. 이런 제안이라면 펄쩍 뛰면서 날아올라야 하는 거 아닌가.'

내심을 감추고 나는 느긋한 듯 ─ 사실은 조금 초조했지만 ─ 충분히 시간을 갖고 생각하라고 했다.

사흘째 되는 날 아이는 같이 가겠다고 했다. 친구들과 상의 한 모양인데 나는 그 답이 나올 거라 예상하고 있었다. 왜냐면 인생에서 20대 중반에 이렇게 엉뚱하고 발랄한 제안을 받을 가능성은 극히 적기 때문이다. 게다가 그 가능성을 놓아버릴 20대는 거의 없을 것이라고 지레 짐작하고 있었다.

말로는, 두 달 후 여행 떠나기 전에 여행자금 중 일부인 천만 원을 준비하라고 했지만 '천만'이라는 숫자는 봄바람에 꽃가루 날아가듯 아이의 귀를 스치고 지나갔음이 뻔하다. 모든 경비는 제안자의 몫이라고 받아들일 것이므로 엄마와 둘만의 여행이 다소 힘든 면을 감안하더라도 아이의 승낙이 떨어질 줄 알았다.

쾌재를 부르며 동의한 것은 아니지만 어쨌든 1단계는 넘어섰다.

서쪽으로, 서쪽으로

첫 발을 떼는 것은 언제나 어렵다. 입학 첫날, 새 업무, 새 직장에서의 첫 하루, 첫 만남, 원고의 첫 문장 쓰기 등 첫 시작, 첫 경험은 결과에 대한 설렘보다 뚫고 나가야 하는 과정에 대한 두려움을 먼저 안긴다.

일상의 모든 어려움을 잠시 뒤로하고 즐겁자고 떠나는 여행도 예외는 아니다. 하물며 1년 365일이라는 기나긴 세계여행으로의 첫 발은 그 두려움을 더욱 두텁게 만들었다.

지구상 수많은 나라 중 우리는 어디로 갈 것인가. 어느 나라, 어떤 도시를 선택할 것인가. 얼마만큼 머물 것인가. 무엇을 할 것인가. 숙소, 교통수단 외에 예약은 어디까지 해야 하나. 우리 둘의 안전은 보장될 것인가. 그 대책은 무엇일까. 5대양 6대주를 돌아다니다 동서남북 중 어느 방향에서 돌아올 것인가. 일정은 어떻게 짜야 하나. 짐은 어떻게 쌀 것인가 등, 사소한 걱정에 이르기까지 생각은 꼬리를 물며 새까만 실타래 덩어리를 만들었고 머리는 더욱 무겁고 복잡해졌다. 10박 11일 여행도 아니고 364박 365일 여행은(여행 도중 업무로 인해 275박까지 진행하고 돌아와야 했지만) 신이라도 완벽하게 준비할 수 없을 것이다.

나는 준비 과정에 지나치게 많은 에너지를 소모하고 싶지 않았고 이 장기여행을 떠나기도 전에 지치고 싶지 않았다. 긴 여행을 위해서는 체력과 에너지를 비축해두어야 했다. 골치 아픈 준비 과정은 되도록 생략하고 실행해 나가면서 선택과 결정을 하고자 했다. 서울살이 1년이나 서울 밖 세상에서의 1년이나 사람의 기본 생활은 마찬가지 아니겠나.

하지만 마음이나 머릿속 정비를 포함해 최소한의 준비는 해야 했다. 무식이 용감이라고 사실 이런 결정은 경험하지 않은 자의 무모함에서 비롯된 것일 수 있다. 우리의 여행 첫 발이 이러한 경우였다.

여행 가이드북을 쌓아놓고 밑줄 그어가며 읽어대거나 여행

관련 서적을 읽고 노트에 정리를 하고 일정을 짜며 착실히 준비하는 것과 거리가 먼 이 여행은 '노마드 여행'으로, 발길 가는 데로, 마음이 인도하는 데로, 나와 아이의 상식과 경험을 바탕으로 해가자는 여행, 우리 둘이 시도하고 탐험하고 발견하는 여행이 되길 바랐다.

게다가 나는 더 이상 30년 전, 20세기 여행길에 배낭을 메고 나침반을 챙겼던 20대가 아니었다. 대신 '구글'을 장착한 21세기 신인류였으므로 '신세계로의 항해'에는 거리낄 것이 없어 보였다. 더욱 고무적이었던 것은 나는 S사, 아이는 A사의 스마트 폰을 레이저 건처럼 손안에 쥐고 있었다. 무엇일지는 몰라도 두 기계의 차이가 상호보완 역할을 해줄 수 있으리라 생각했다.

아이가 동의한 후, 나는 확실히 밝고 환해진 얼굴로 지도를 보고 궁리하기 시작했다. 떠나는 날까지 한 달 반이 남았다. 언제부터 붙여놨는지 모를 빛 바랜 세계지도가 침실 벽에 붙어 있었고 수년 전 아이가 생일 선물로 준 자그마한 지구본이 침대머리 옆에 있었다. 나는 그만큼 세계여행을 그리며 살아왔는지 모르겠다.

우리 둘은 그 옆에서 초등학생들이 가림판을 놓고 시험을 치듯 팔뚝으로 종이를 가리고 각자 가고 싶은 나라 이름을 적었다. 우리가 쓴 국가 수는 모두 합해 80여 개가 넘었다. 1년 365일을 80으로 나눴다. 여행하기에 1년은 무척 길었고 무한한 상상의 나래를 펴기에 넘칠 정도로 충분하다고 생각했는데, 평균 4~5일에 한 나라씩 벼룩 뛰기를 하지 않고는 1년에 80개국 여행은 어림 반 푼어치도 없었다. 가고 싶은 도시 수로 나누면 소수점 이하의 일수日數가 나왔다.

국가 수를 반으로 줄였다. 그것도 많아서 다시 반의 반으로……. 그러다가 일단 여행을 시작하기로 했다. 한 나라, 한 도시, 또 다른 미지의 어떤 장소로 나아가며 우리의 계획과 일정의 궤도를 만들고 수정하기로 했다.

툭 쳐서 지구본을 한 바퀴 굴렸다. 떠남에 대한 두근거림은 물러나고 망설임과 산란함이 그 자리에 들어섰다. 우왕좌왕, 갈팡질팡하는 심리 상태를 여행 시작하기 전에 겪어야 하나 싶어 원점에 다시 서기로 했다.

우리는 우리만의 여행 기본 원칙을 세웠다. 원칙의 기준은 '우리 모녀'였다. 우리의 건강, 체력, 에너지, 시간을 최적의 상태로 안배하고 균등하게 유지하기로 했다. 일종의 장거리 마라톤과 마찬가지로 '남들처럼, 남들 따라'를 이유로 무리하게 몰지 않고, 우리 둘의 페이스에 맞추기로 했다. 건강 이상, 체력 고갈, 에너지 방전의 단계로 들어가지 않도록 말이다. 한 곳에 머물며 천천히 걷는 시간, 느리게 사는 생활은 충분히 허락해도 버려지고 새나가는 허튼 시간은 받아들이지 않기로 했다.

동쪽을 보니 태평양이 우리의 발걸음을 가로막겠다는 심보로 버티고 있었다. 중간에 딛고 갈 디딤돌 하나 없이 말 그대로 망망대해였다. 서쪽에는 오글오글 모여 있는 아시아의 작은 나라들과 중동, 유럽 대륙이 연이어 있었다. 서쪽, 따뜻한 나라를 향하기로 했다. 도시에서 도시로, 나라에서 나라로 옮기면서 이동 시간을 최대한 절약할 수 있으리라 판단했다.

가능한 추위와 비를 피하기로 했다. 추운데 비까지 맞고 웅숭그리며 여행하고 싶지 않았다. 트렁크의 부피와 무게를 유지하기 위해서는 두껍고 무거운 겨울 옷까지 들고 가지 않아야 했다. 북반구가 추워지면 남반구로 내려가기로 했다. 매섭지 않고 순한 방향, 자연의 흐름을 따라가기로 했다. 또한 시차와 장시간 비행으로 피곤이 가중되지 않도록 도시 간 최소 이동 거리를 고려했다.

여행을 마치고 돌아왔을 때 "시차 적응하고 만나요"라는 안부 메시지를 받았다. 우리는 서쪽으로 가서 동쪽을 향해 돌아올 때도 조금씩 이동했고 도쿄와 제주도를 거쳐 여행을 서서히 완료했다. 세상 여행의 마지막은, 국내 여행에서 돌아온 듯 김포 공항으로 들어왔다. 시차와 여독이 주는 피로감으로 찌들어 있지 않았다.

365일의 첫날, 인천

지난 쉰 다섯 번의 365일과는 완전히 다른 한 해, 2018년은 인생 처음으로 1월 1일이 아닌 2월 6일에 카운트다운을 시작했다. 2월 5일까지는 6일 이후 벌어질 날들을 위한 준비 기간으로 잡았다. 서울을 떠나기 전 한 달은 온전히 여행 준비에 몰입하려고 했다.

여행 한 달을 앞두고 갑자기 B형 독감으로 응급실에 실려갔다. 여행 준비는커녕 난데없이 급습한 B형 독감은 전신의 뼈마디 206개를 제각각 따로 놀게 했고 꼬박 2주 동안 누워 있어야만 했다. 겨우 추스르고 일어나 남은 2주 동안 으르렁대는 해일처럼 몰려든 정리와 청소를 하느라 1초의 쉼도 없이 몸을 움직였다. 돌아올 기약을 하고 떠나는 여행일 뿐인데, 영영 돌아오지 않을 길을 떠나는 사람처럼 옷장과 신발장, 부엌 장까지 다 들어내서 버릴 것, 줄 것, 둘 것을 땀을 뻘뻘 흘리고 허리 꼬부라져 가며 정리했다. 이러다 꼴딱 밤을 새고 허겁지겁 짐을 챙겨서 떠나는 건 아닌가 하는 농담은, 곧 현실이 되었다.

출발하는 날 새벽까지 집 정리, 짐 싸기를 하느라 쌓인 피로지수는 잠지 마감 마지막 날의 두 배는 되는 듯했다. 어쨌든 초인적인 능력을 발휘해 트렁크의 지퍼를 올리자마자 야반도주하는 사람들처럼 겨울 새벽의 찬 공기에 싸늘한 코끝을 씰룩거리며 급히 차에 올랐다.

우리 고양이 찌부가 마지막으로 할퀸 팔뚝 상처에 발라야 하는 연고를 식탁에 둔 것도 잊고 내달렸다. 공항 고속도로를 중간쯤 달렸을 때 습하고 더운 나라에서 상처가 덧날까 하는 걱정이 들었다. 양어깨가 뻐근해지도록 파상풍을 포함해 예방주사를 수 대나 맞았으니 별 탈은 없으련만 근거 없는 걱정은 낯선 두려움과 함께 초조함에 군불을 지폈다.

새벽 6시 반, 공기마저 차분히 가라앉은 인천공항에 도착했다. 어두운 밤에도 환한 낮에도 속하지 않는 신새벽의 시간대는 원초적인 자연의 미묘한 맛, 과장을 조금 보태면 우주가 태동하는 신비마저 느끼게 했다. 첫 새벽에 떠오르는 검붉은 빛을 향해 마주섰다. 등은 차가웠지만 따스한 기운이 얼굴을 덥혔다. 공항 창으로 낮게 들어오는 이 오묘한 빛 덕분에 다시금 상기爽氣되었다.

첫 여행지는 서울에서 3시간 비행 거리의 홍콩이었다. 그다음 도시는 하노이, 다낭, 호치민, 프놈펜, 시엠립, 방콕으로 이어질 것이다. 도시들은 한두 시간 정도의 시차, 그리고 한두 시간 이내의 비행 거리 안에 있었다.

미지 세계에서의 365일이 기다리고 있었다. 인생 초유의 상황에 대한 묵직한 긴장감도 잠시. 코앞에서 비행기를 놓칠까, 마지막 출국 라인에 서서 여권이 혹시 없으면 어찌 하나, 미비한 서류는 없을까 하는 사소한 근심에 쪼그라든 심장이 덜컹거렸다.

스튜어디스의 티켓 확인까지 모든 형식적인 절차를 통과했다. 청둥오리 날 듯 비행기가 떴다. 2월 6일, 서쪽으로 향하는 첫 비행기에 무사히 올랐다. 과정과 결과와 미래를 아무도 모르는 여행이다. 우리는 언제까지 어디까지 서진西進할지 모른 채였다.

이제 시작이다.

모녀여행, 왜?

신과 인간이 창조한 세상의 아름다운 것들 함께 보기, 아이에게 세상을 보여주자는 데 여행의 1차 의미를 두었다. 어쩌면 이 여행은, 나의 젊은 시절에 채워지지 않은 무언가의 심한 목마름에서 비롯되었을 수 있다. 젊은 날, 내가 갔던 곳과 생각을 따라가는, 나의 과거 흔적, 의문, 소망을 되짚어가는 여행이기도 하다.

겉장에 손때가 묻도록 읽었던 노란 책《꽃들에게 희망을》의 줄무늬 애벌레가 경계 너머로 향하듯 세상에 존재하는 다른 것들을 아이에게 보여주고 싶었다. 갈증이 갈증을 불러일

으키는 여행, 고치를 뚫고 또 다른 세상으로 날아가는 작은 나비가 되는 여정이기를 바랐다.

어릴 때 우주에서 별들이 떠가는 듯, 삐쭉삐쭉 솟은 상아색 바위산 위로 열기구들이 둥둥 떠가는 이미지의 외국 엽서를 본적이 있다. TV 여행 프로그램에서 열기구가 날아가는 장면에 꽂혔던 적도 있을 것이다. 무엇보다도 영화 〈80일간의 세계일주〉에 등장해 뇌리에 깊은 골을 새긴 열기구가 나의 인생에 랭킹 1위로 기록될 열기구에 대한 기억이다.

《신밧드의 모험》《허풍선이 남작의 모험》이 이번 여행의 씨앗이 되었다면 초등학교 때 읽었을 쥘 베른의 《80일간의 세계일주》는 상상을 현실로 바꾸는 직접적인 시발점始發點이 되었다. 책과 동명의 영화 속에 등장하는 열기구를 포함해 거쳐가는 모든 나라의 풍경이 어린 심장을 흔들어댔다.

후에 댄 브라운과 아가사 크리스티와 조앤 K 롤링, A.J. 크로닌, 움베르토 에코, 시오노 나나미와 하루키, 카잔차키스, 파묵…… 이들의 책에서 언급된 단순한 단어들, 짧은 문장들, 그리고 작은 기억들은 끊임없이 미지의 세계로 나의 등을 떠밀었다. 아이의 손을 잡고 그 세계 속에서 행보하고 싶었다.

Chapter 1

Departure

이륙,
낯선 세상으로

세상 여행 첫날, 홍콩

서울에서 강원도라도 가듯 홍콩에 도착했다. 1978년 10월, 처음 홍콩에 왔을 때 내가 밟은 홍콩은 영국 땅이었다. 하얀 영국식 제복의 경찰관이 도심을 순찰했다. 영어가 사방에서 자연스레 들렸고 영국인들은 영국 섬 위를 당당히 활보했다. 40년 후 오늘은 중국 땅이다. 영어는 뒤로 물러섰고 압도적으로 사용되는 중국어의 강한 성조가 사방에서 울려 퍼진다.

계절과 상관없이 홍콩에 오면 느끼는 공기는 언제나 후끈하다. 가벼운 코트를 걸쳐야 할 때도 내 기억 속 홍콩 공기의 흐름은 항상 그랬다. 출장을 왔을 때 공항 문을 나서면 볼에 닿는 덥고 습한 공기가 홍콩임을 알렸다. 여전히 그러한 2월의 홍콩과 마주했다.

공항에서 시내로 바로 들어가는 공항 고속열차 'AEL Airport Express Line'을 탔다. 익숙한 듯, 마치 이방인이 아닌 듯, 검은 머리카락의 동양인들 사이에 파묻혀 척척 해나가려고 했으나 한 걸음 내디딜 때마다 이방인의 '멍청한' 눈빛을 역력히 드러냈다. 홍콩 역에서 우리는 어리바리한 눈빛을 교환하는 한 무리의 외국인들 옆, 마지막 빈자리를 채우며 무사히 호텔 셔틀에 올라탔다.

서두르거나 외부의 속도, 리듬감에 휘둘리면 안 될 듯하다. 여독은 미처 쌓이지도 않았건만 긴 여행을 떠나기 전의 집안 정리로 누적된 진한 피로감에 몸을 어찌 가누면 좋을지 모를 상태였다. 집 단속에 젖 먹던 힘을 죄다 몰아 쓰고 홍콩에 도착하니 그만 그로기 상태가 되었다. 아래로 자꾸만 가라앉았다. 머리꼭지에 열기가 감돌았다.

홍콩 도착 후 우리 모녀가 처음 한 일은 아이러니하게도 몇 년은 못 갔던 사람처럼 뽀득뽀득 소리가 어깨 살을 감싸는 하얀 면 이불을 덮고 곯아떨어진 것이다. 밀린 잠을 외지의 낯선 호텔 방에서 보충한 후, 부스스한 머리카락을 손가락으로 쓸어 담고는 이불 속에서 꼼지락거리며 홍콩에서 무엇을 할지 머릿속을 뒤적거렸다.

365일 동안 벌어지는 하루하루의 여행 스케줄을 사전에 미리 짜려면 365일이 필요하고, 여행을 마친 후 추억을 되짚어 보려면 또 그만큼의 시간이 걸릴지 모르겠다. 몇 초 내에 벌어지는 작은 몸짓, 짧은 생각, 긴 숙고, 오감을 통해 순간적인 '인풋input'이 쌓이는 하루 8만 6400초의 무게감을 허투루 보면 안 되는 이유이다.

유난히 더위를 타는 아이는 후텁지근한 날씨와 공기를 가르는 홍콩 특유의 냄새, 부산한 사람들과의 첫 대면에 피로감을 느끼는 듯했다. 나는, 이 여행의 참맛도 아직 모르면서 벌써 지쳐 서울로 가자고 할까 봐 아이를 지극히 부드럽게 대하려고 애썼다. 친구들과 왔다면 어떤 상황에서든 깔깔대며 힘차게 몰려다녔을 텐데 엄마와 함께하는 여행에서는 여러 모로 '엄마 찬스'가 있음에도 불구하고 응석과 짜증과 불평이 따라온다.

나도 90세의 노모에게 여전히 팬스런 투정을 부린다. 나의 어머니는 그런 나를 한없이 받아준다. 투정을 부리다가도 돌아서면 잊고 허그를 하고 활짝 웃음을 교환하는 사이가 모녀 사이 아닌가. 나의 어머니가 그러했듯이 아이를 그렇게 품어

주게 된다. 게다가 이번 여행은 내가 가자고 청했으므로 아이의 심기와 동태를 살피지 않을 수 없다.

출발 선상에서 '천천히', '침착하게'를 거듭 되뇌었다. 너무 많은 것을 보려 하지 말고 우리만의 여행 일상을 기록해 나가자고. 패키지 여행자처럼 단거리 왕복달리기가 아닌 우리의 여행은 마라톤이므로.

시계추가 늘어질 대로 늘어진 시각, 한낮의 긴 오수에서 깨어났다. 영화처럼 멋지게 시작하는 여행 첫날에 대한 막연한 기대와 달리 연달아 파울볼을 쳐댄 것만 같았다.

전차 딩딩을 타고, 슬로우 슬로우

천천히 가자. '퀵퀵' 달려온 지난 세월과는 달리 '슬로우 슬로우' 모드로 바꿔야겠다. 이번 여행만을 위한 365일의 '황금 시간'이 오롯이 우리 둘 앞에 펼쳐 있다. 이렇게 텅 빈 1년, 남이 정해 놓은 대로 따라가야만 하는 일정이 없는 오롯한 한 해를 맞는다.

오늘부터는 모든 스케줄은 우리 둘이 주체가 되어 정한다. 바스락거리는 일력日曆을 한 장씩 뜯으면 나타나는 새 날짜를 마주하듯, 알곡 한 알씩 씹어 삼키듯, 하루하루를 차곡차곡 채워 나가야겠다.

우왕좌왕, 좌충우돌하겠지, 순탄하리라고는 기대하지 않았다. 길 떠나면 고생은 자명한 사실인데 괜히 미리 엄포를 놨다가는 아이가 그만두고 돌아가자고 할까 싶어 아무 내색도 하지 않았다. 다가올 것들이 무시무시하면 얼마나 그럴 것이며 힘들다고 한들 지금까지 반평생 살아온 인생보다 더 어렵지는 않을 것이다. 천천히 닥쳐오는 대로 헤쳐나가면 될 것이다.

저 너머의 세계, 모퉁이 돌아서 펼쳐지는 세상을 아이와 목격하고 싶었다. 잔 밑바닥에 남겨진 커피의 마른 찌꺼기처럼 푸석한 피로감이 아직 남아 있지만 홍콩에서 본격적인 카운트다운을 시작했다.

홍콩. 훅훅한 공기. 기온이 그다지 높지 않아도 홍콩의 공기 흐름은 내겐 항상 그랬다. 묵직하게 누르며 후끈하게 조여왔다. 그 느낌이 없다면 홍콩이 아니었다. 나는 이 느낌마저 아이에게 전해주고 싶었다. 홍콩이 무엇이냐 하면 '바로 이거다'라고.

호텔을 나와 지하철을 타고 북적거리는 센트럴 지구로 갔다. 어디로 향하겠다는 뚜렷한 목표는 없었다. 곧게 뻗은 도로를 따라 걷다가 가지를 친 다른 길로 접어들고 계속 걸었다. 전차를 타기 위해 도로 중앙에 조그마한 섬처럼 솟은 비좁은 정거장에 섰다. 사람이 너무 많아 비집고 탈 엄두가 나지 않았다. 몇 대를 보낸 후, 종점이 어딘지도 모르는 전차에 무작정 올라탔다. 마침 나무로 된 전차, 홍콩 인들이 예전에 전차 종소리를 따라 불렀던 '딩딩'에 올랐다. 폭이 좁고 낡은, 나무로 만든 전차의 2층으로 올라갔다.

나무는 승객들의 손을 타 반지르르하게 길이 들어 있었다. 전차가 가는 데로 한없이 따라갔다. 창 밖으로 홍콩의 리얼 다큐 한 편이 흘러갔다. 굴곡진 길을 지나갈 때 전차는 삐그러지는 나무 소리를 냈다.

1904년부터 시민들과 관광객들의 저렴한 발이 된 115세의 전차, 세계에서 유일한 2층 전차 '딩딩'은 홍콩의 일부이자 상징이고 추억인데, 아이러니하게도 현재는 중국 땅에서 프랑스 회사 '베올리아Veolia'가 전체 지분을 소유하고 관리한다.

나의 홍콩은 흑백 영화 〈모정〉(1955)에서 출발한다. 엄마를 따라 보던 이 흑백 영화의 장면들 덕분에 홍콩에 대한 애정이 배가 되었다. 엄마가 보태는 설명과 감흥이 고스란히 나의 것이 되었다. 양조위와 장만옥의 〈화양연화〉(2000) 이전에 제니퍼 존스의 치파오와 윌리엄 홀든의 바람에 날리는 수트가 어린 눈을 매료시켰다. 영화의 제목이면서도 주제가인 'Love is a many splendored thing'이 전차의 삐걱거리는 소리에 맞춰 머릿속에 흘렀다. 홍콩에는 '스플랜더드 싱(황홀한 것)'이 많을 거라는 상상을 했다.

젊은 날에는 '홍콩 누아르'에서 배경으로 흐르는 이 도시의 대단하지 않으면서 뭔가 의미를 담은 풍경, 은밀하고 우울하며 자유가 있는 해방구 같은 이미지, 이국적이지 않으면서 심히 이국적인 정취에 끌렸다. 거기에 괜한 측은함, 그리움, 부러움이 보태졌었다. 홍콩에 대한 나의 감성과 감정처럼 아이도 차이를 느꼈으면 했다. 그러나 괜한 바람인지도 몰랐다. 아이는 그저 아이 나름대로 느끼면 그만일 테니 말이다.

영국의 흔적을 적나라하게 드러내는 이름의 거리, '퀸즈웨이Queensway'를 거쳐 '헤네시 로드Hennessy Road'를 지났다. 하늘을 가린 마천루들, 네온의 화려한 빛을 잃은 한낮의 간판들, 한자가 쓰인 삭은 광고판들을 지났다. 한때는 세련된 신식 아파트였겠으나 지금은 습한 곰팡이가 검게 핀 고층 아파트, 그 외벽 위 대나무 막대기에 걸린 빨래들이 너울댔다. 독특한 거리의 향내를 뚫고 전차가 달렸다. 홍콩의 풍경, 내음과 소음은 예전과 크게 바뀌지 않았다. 홍콩에 거는 나의 기대는 일정 시점에 멈춰 있었다.

이 도시의 나이만큼이나 오래 살아왔을 고목古木들을 지났고 나무 그늘 깊은 공원을 지나 한적한 지역에서 전차는 완전히 멈추었다. 센트럴과 완자이Wan Chai 지역을 벗어났다. 1세기가 넘는 시간과 공간을 넘나들며 변화와 흐름을 관찰하고 발견하는 기분이다. 텅 빈 전차에 남겨진 우리는 종점임을 뒤늦게 알아차렸다.

눈앞에 '홍콩 자키 클럽, 해피 밸리 경마장HongKong Jockey Club, Happy Valley Racecourse'의 높은 담벼락이 버티고 있었다. 홍콩에 거주하는 영국인들을 위해 1845년에 세워진 경마장으로 영국 지배의 상징적 흔적이다. 오후 하굣길의 아이들이 공원 놀이터에서 재잘거리며 시끌벅적하게 놀고 있었다. 사람 사는 소리가 들렸다.

낯선 동네에서 한참을 걸었다. 낡은 건물의 빛 바랜 쇠 창틀의 모양새, 벽에 바른 시멘트의 결, 보도블록의 디자인, 정류장 근처 가판대에 놓인 생소한 물건들…… 이런 것들에 눈길을 주었다. 센트럴의 탁한 공기와는 다른 홍콩 냄새를 맡았다. 싱그러운 풀 냄새와 저녁 식사를 준비하는 가정집에서 흘러나오는 음식 냄새가 풍겼다. 평범한 일상생활의 내음. 해가 기울면서 기온이 내려가 조금 상쾌해지면서 이 지역 공기에는 점점 더 초록 내음이 보태졌다.

얽매이지 않고 강요 받지 않는 이런 걸음은 산책에 가깝다.

우리 사이에 별 대화는 없었다. 각자 보고 싶은 것을 보고 렌즈를 들이댔다. 익숙하지 않은 도시에서 이렇게 한없이 둘이 걸어도 좋았다. 길을 잃을 염려는 하지 않았다. 발음도 귀여운 '딩딩'이 데려다준 방향과 반대 길로 들어서면 출발했던 자리로 돌아올 것이다.

이런 생각을 하던 차에 아이는 구글 맵을 매우 스마트하게 작동시켰다. 구글의 지시에 따라 가장 가까운 지하철 역으로 가자고 했다. 낭만보다 실리를 택했다. 홍콩 지하철 'MTR Mass Transit Railway'을 잡아탔다.

긴 여행 속, 비용의 경제

나는 아이에게 지출 기록을 맡겼다. 아이는 여행 전에 엑셀 금전출납표를 만들어 보여주었다. 소비적인 사람이 아니며, 필요한 정도 내에서 나름 현명하게 소비를 하는 사람으로 자처하는 나는, 가계부를 쓰지 않는다. 그런데 이번만은 도대체 얼마를 지출하는지 알고 싶었다. 예산에 대한 고민은 했으나 각 나라마다 물가와 상황이 다른데 도대체 예산을 어찌 짜야 할지 몰랐다. 인터넷 초록 창에도 정답은 없었다. 일단 한국 한 달 생활비에 좀더 보탠 비용을 예상했다.

과잉 지출은 금물인데 예상 외로 두 번째 도시부터 복병을 만났다. 공항으로 나오는 차를 예약한 것이다. 예정에 없던 지출이었다. 아이는 꼼꼼히 기록해나가는 듯했다. 베트남을 떠나자 아이는 기사를 부르는 비용이 과도하게 지출되니 줄여야겠다고 제안했다. 대신 '그랩'이나 '우버'를 예약하자고 했고 스마트 폰에 해당 앱을 다운 받았다. 금전출납부를 담당하며 아이는 스스로 경제성의 방향을 찾고 수정해 나갔다.

먹고 싶은 것을 제 양만큼 먹어도 하루 두 끼와 차를 포함한 간식 한 번 정도였다. 책, 엽서를 구입했다. 정말 가지고 싶은 것은 사기로 했다. 기념품으로 마그네틱이나 스푼은 사지 않았다. 아이는 어느 도시에 가면 반드시 사고 싶은 품목을 비밀리에 염두에 두고 있었다. 가외로 구입할 것은 아이가 쌈짓돈에서 지불한다고 했다.

물가가 비싼 도시에서는 별 셋 호텔이나 에어비앤비 숙소를 이용했다. 저렴한 물가의 도시에서는 리조트나 별 네, 다섯 개 호텔도 이용했다. 한 달 여행 생활비는 높낮이가 어느 정도 맞춰졌다.

여행이 끝난 뒤, 아이가 적은 금전출납부의 결과를 보지 못했다. 아이가 어느 항목은 급한 나머지 현지 화폐 단위로 적었다. 지출 금액을 당시 환율로 환산해 적어넣어야 엑셀이 제 기능을 발휘할 텐데 그것을 완료하지 못했다.

핑계이지만 서울에 돌아오자마자 여행은 꿈처럼 끝났고 다이내믹 서울에서는 다이내믹한 삶이 기다리고 있었다. 우리는 과거를 잊은 사람들처럼 서울에서의 앞날을 살아가게 되었다. 그래서 결국 총 여행 경비가 얼마인지 구체적으로 아직도 알지 못한다.

2천 개 섬과 우리 둘, 하롱베이

홍콩을 떠난 후 두번째 여행지 베트남의 '하롱下龍 베이Bay', '유네스코의 세계 자연유산'으로 지정되어 더욱 관심이 간다기보다 이름이 의미하듯 엄마 용과 아이들 용, 한 가족이 외적과 싸우는 베트남 사람들을 도우러 내려왔다는 아름다운 전설을 따라갔다. 사실 이 이름은 19세기 후반에 프랑스인들이 해도海圖에 사용하기 시작하면서 알려졌다. 우리는 용이 뱉어낸 옥과 보석이 2000여 개의 작은 섬들로 되었다는 전설 사이를 유유히 항해했다.

육지가 아니라 배에서 아이와 이틀 밤을 보냈다. 이번 여행 중에 비행기, 크루즈, 배, 지하철, 전차, 마차, 기구…… 등, 가능한 한 '탈 것'들을 타보기로 했다. 아이와 함께 배에서 잠을 자고 망망대해를 보며 여행했던 적은 없다. 인터넷 소식통에 따르면 물 위에 둥둥 떠서 별로 볼 것도 없고 똑같은 바다만 보다가 오는 것이니 하루면 족하다고들 했다.

하룻밤 머문다는 것은 첫날 도착해 짐을 풀고, 다음날 오전에 짐을 꾸려 떠날 준비 하는 것을 의미한다. 24시간도 채 머물지 못하는 일정이고 오자마자 떠나야 하는 것이다. 우리는 그리 서두를 필요는 없었다. 서로를 바라보거나 같은 곳을 바라보는 시간을 누리기만 해도 충분했다. 바다만 보는 것이 재미없다면 그 재미없음, 심심함, 무미건조함이 무엇인지 누리면 되었다.

하노이는 3일 내내 짙은 연무에 가려 있고 해는 볼 수 없었다. 서울보다 기온이 높은 데도 희뿌연 습기가 손에 만져졌다. 으슬으슬 추웠다. 이 추위에 맞설 정도의 얇은 패딩을 더 걸치고 하롱베이로 갈 준비를 마쳤다. 예약해둔 '파라다이스 크루즈'에서 호텔로 보낸 리무진에 올라탔다. 리무진은 두 시간 이상 달렸다. 2월의 바닷바람은 세찼다. 세상에서 가장 싫어하는 것 중 하나가 바람인데 오늘 제대로 맞는가 싶게 바람이 머리카락을 하늘로 날렸다.

아이와 함께 디즈니 크루즈를 타는 것이 나의 버킷리스트 수록 사항 중 하나였다. 디즈니 크루즈는 아니지만 하롱베이 크루즈가 둘의 첫 크루즈 여행이라는 데 의미를 뒀다. 하롱베이에서 크루즈를 운영하는 회사는 최근 경쟁적으로 부쩍 늘었지만 별도의 선착장을 둔 회사는 손에 꼽는다. 이 회사를 선택한 이유 중 하나다.

언어도, 풍습도, 관례도 익숙하지 않은 땅에 불쑥 들어간 이방인은 가장 단순한 여행 프로세스를 택해야 한다는 것이 나의 지론이다. 20대라면 다른 선택을 했을 것이다. 더군다나 성인인 자식을 데리고 긴 여행에 도전하는 만큼 아이의 건강과 안전은 오롯이 나의 몫이었다. 다 큰 아이를 뭐 그리 걱정하냐는데 다 커서 더 안전에 신경을 써야 했다. 서울에 있을 때보다 어깨가 무거웠다. 그래서 더욱 신뢰할 수 있고 책임질 수 있는 회사를 골라야 했다. 괜히 꼬여서 발생할 수 있는 불상사는, 여행을 제안한 엄마로서 미연에 방지해야 했다.

서울(605km²)보다 두 배 반이나 큰 하롱 만(1553km²)의 바다를 바라보며 부둣가에 섰다. 2월의 부둣가는 을씨년스러웠고 관광객은 거의 없었다. 영화 〈인도차이나 Indochina〉(1992)에서 주인공 카트린 드뇌브가 바라보고 있던 인도차이나 특유의 '정크jonque'와 유사한 돛배들이 떠갔다.

우리가 탈 배는 19세기 풍의 클래식한 흰 색 목선으로 돛은 내려진 상태였다. 승선 고객은 우리를 포함해 모두 8명뿐이라 흠칫 놀랐다. 총 17개의 객실 중 4개 실을 사용할 3쌍의 부부와 우리 두 모녀, 이 여덟 명의 고객을 위해 이 배에서 수고할 직원들은 모두 35명이라고 했다. 영국 코미디언 미스터 빈Mr. Bin과 비슷한 생김새의 싱가폴 출신 총 매니저는 위트 넘치는 말솜씨로 이틀간의 프로그램을 설명했다.

예스럽게 꾸며진 큼직한 배는 물살을 가르고 나아갔다. 뒤에 매단 조그마한 배는 작은 섬이나 동굴을 방문할 때 타고 이동할 것이다. 8인의 고객들은 배의 3층인 식당에 모였다. 호주, 브라질에서 온 부부는 50대에서 60대 정도의 우아한 패셔니스타들이었다. 영화 속 시몬느 시뇨레나 소피아 로렌, 혹은 〈캐롤〉의 케이트 블란쳇이 나타난 듯, 러시아에서 온 우아한 두 여인은 스카프의 끝자락을 턱 아래에서 묶어 머리와 볼을 감싼 중년이었다. 우리 아이만 홀로 20대이다. 이 계절에 여행하는 고객이 이렇게 적을지 몰랐다. 아무튼 조용한 여행을 하고 싶었는데 그 바람이 절로 이루어진 셈이다.

배는 바다로 나아가지 않고 고요한 호수에 머무는 듯 움직임이 없었다. 다문다문 떠 있는 2000여 개의 작은 섬이 파도를 잠재워 물결이 크게 일지 않았다. 총 매니저는 이렇게 아름다운 섬들이 모인 고요한 바다는 지구상 어디에도 없다며 자랑이 대단했다. 섬들은 거의 대부분 가파르게 깎여 배를 댈 수 없다.

배는 섬 사이를 천천히 유영했다. 섬과 섬을 떠다니는 새들만 들락거리는 이곳에서 갈라파고스 섬에서처럼 사람이 만나지 못한 진기한 동물들이 섬 안에 모여 살고 있을 것 같았다.

나도 아이도 배 안에 갇히게 되었다. 〈지옥의 묵시록Apocalypse Now〉(1979)에서 윌라드 대위가 암살해야 하는 커츠 대령(말론 브란도)을 찾아 침묵의 섬들 사이로 노 저어 가는 장면이 떠올랐다. 커츠 대령처럼은 아니지만 이틀 동안의 자발적 고립에 만족했다. 바깥 세상의 방해, 소음, 충격으로부터 철저히 보호를 받는가 싶어 오히려 자유로웠다.

바다로 바다로 배가 움직여 나갈 때 큼직한 배 안 어디에서든 휴식을 취하는 것이 스케줄의 전부였다. 인터넷도 거의 불가능했다. 처음에는 와이파이 없는 세상이 어색하고 불편하고 불안했으나 곧 구름과 바다와 간혹 날아다니는 새들이 그 불안함을 메웠다.

책 읽다, 차 마시다, 카약 하고, 뜨겁게 샤워하고, 커피 마시고, 쉬고, 스태프들과 얘기 나누고, 식사하고, 어미 오리 품속에 빠진 듯 무척이나 포근한 이불 속에서 이마에 송송 땀을 맺으며 잤다. 이틀 동안 한 일이다.

늦은 오후, 무채색의 바다와 잿빛 하늘 사이의 경계는 모호했다. 배는 멈춰선 그대로인데 섬들이 조금씩 좌우로 이동했다. 그렇게 느껴져 실눈을 뜨고 풍경의 거리를 쟀다. 실루엣만 내보이는 섬들이 원근감 없이 그려진 한 폭의 산수화로 펼쳐졌다.

객실 베란다 라탄 의자에 앉아 바다와 섬들, 생경한 풍경을 관찰했다. 셀카를 찍던 아이가 카메라 렌즈를 내게로 향했다. 이렇게 저렇게 포즈를 취하라고 요청하는데 목, 팔, 다리 관절이 뻣뻣해 포즈가 영 어색하다. 생일, 명절이나 특별한 날 찍은 사진을 제외하면 이렇게 연속 찰칵대며 서로의 사진을 찍어준 날이 있었던가.

다시 렌즈는 바다로 향했다. 우리는 라탄 의자에 앉아 흐린 날의 산수화 속으로 서서히 들어가고 있었다. 아무것도 하지 않을 자유를 누렸다.

조용한 모녀의 삐거덕거림, 후에

오전 10시 30분, 하노이 발 '다낭' 행 비행기를 탔다. 베트남에서 두 번째로 방문할 도시는 중부의 '후에Hué', 비행 시간은 1시간 15분. 차로 간다면 후에까지 670km의 거리를 13시간 이상 달려야 한다. 오르락내리락 하고 구불구불한 도로 사정을 고려하면 이보다 더 걸릴 것이다.

베트남은 남북으로 총 길이가 1700km나 되었다. 발길 닿는 대로, 마음 가는 대로, 원하는 순간에 짐 하나 끌고 이동 여행을 하고자 했지만 에너지, 시간 등 기본적인 상황과 조건을 다시 따져본 후 국가 간, 장거리 도시 간 이동은 비행기를 선택하기로 결정했다. 현장에 도착해 상황을 마주하고 보니 고민은 짧았고 결정은 신속했다. 우리 둘을 위해 무엇에 집중하고 선택할 것인가를 판단했다. 결정하는 데 어떤 아쉬움이 따르지는 않았다.

후에에는 공항이 없으므로 이웃 도시 다낭 공항에 내려 차로 두 시간 이상 북쪽을 향해 거슬러 올라갔다. 다낭의 긴 해안선은 끝없는 수평선을 만들었다. 흰빛을 띄는 푸른 하늘은 바다 위의 또 다른 바다로 확장되었다. 휘어지고 늘어진 도로를 따라 산마루를 넘어가도 구분 선이 모호한 수평선은 계속 눈 아래로 펼쳐졌다. 차창으로 던진 나의 시선 높이에서 살집 없는 누런 소가 따라 뛰었다.

이런 풍경 속에서 나는 세상의 모든 것들과 더불어 살아가는 단순하고 자연스런 이치를 실감했다. 기분이 한결 부드러워졌다. 우리는 절경과 풍경과 심경에 빠져 식사도 잊었다. 이르지도 늦지도 않은 오후, 점심도 저녁 식사 시간도 아닌 애매한 시점에 시내로 접어들었다.

철골 구조의 다리를 지나갔다. 지금은 '트랑 티엔Trang Tien'(402.60m)이라고 불리는 이 다리는 1898년에 에펠이 세웠을 때는 유럽을 흠모했던 왕의 이름을 따서 '트란 타이Thành

Thai', 이후 식민 시대 프랑스 수상의 이름을 빌어 '클레망소 Clemenceau'라고도 불렸다. 베트남에까지 다리를 세웠던 에펠이 당대 얼마나 위력적인 글로벌 건축가였을지 짐작하며 사진 한 장을 찍었다.

도심 거리에는 음식 냄새가 이 방향 저 방향으로, 뚜렷하지는 않으나 확실히 흘렀다. 사람이 사는 곳으로 들어왔다는 안도감에 큰 숨을 쉬었다. 갑자기 시장기가 돌았다. 호텔 리셉셔니스트가 맛집이 몰린 식당과 카페 거리라고 둥글게 표시해 준 지도를 손에 들고 나섰다. 어제의 하노이와는 달리 후에 시내는 조용했다. 사나흘 동안 문을 닫는다고 적어 붙인 식당이 한 집 건너 네 집은 된다. 오늘 식사는 제대로 할 수 있을까. 음력을 세는 베트남에서도 설날은 온 도시를 설레는 고요 속에 잠기게 했다.

문이 열린 첫 번째 식당 앞 메뉴를 들여다보려 할 찰나에 종업원이 뛰어 내려와 메뉴를 설명했다. 일찍 일어난 새가 벌레를 잡고 잽싼 종업원이 손님을 낚는다. 우리는 두 번째 식당을 채 들여다보기 전에 베트남 식부터 프렌치프라이까지, 동양부터 서양의 맛까지 두루 맛볼 수 있다는 이 식당으로 빨려 들어갔다.

홀 천장은 뚫려 있어 흰 구름이 흐르는 하늘을 볼 수 있었다. 구름 아래에서 하얀 종이 등불들이 초여름 꽃잎처럼 살포시 흔들렸다. 식당에는 노란 머리의 외국인들 몇 팀이 들락거렸다.

타국에서 설 전날을 명절답지 않게 조용히, 둘이 보냈다. 아이는 말을 삼키고 있지만 뭔가 불만이 보인다. 그래서 더욱 '조용한 모녀'로 마주 보고 앉았다. 메뉴를 무엇으로 정할지 서로를 배려하고 있었지만 입안에 모래 두서너 알갱이가 걸리적거리듯 뭔가 깔깔한 기류가 둘 사이에 흘렀다. 우리는 베트남 국수 '포'와 손가락 굵기의 튀긴 만두 '넴'을 시켰다.

나는 365일의 두 배나 되는 노마드 세계여행이라도 아이와 함께 할 수 있을 것이다. 넴을 바삭바삭 씹으며 아직은 이 여행에 시동을 거는 단계에 있다고 생각했다. 우리 모녀는 서로에게 왕왕댈 일도 없는 친근한 관계였지만 20여 년 동안 집에서도 각자의 방, 각자의 공간을 사용하고 활동 시간대에는 각자의 영역에서 생활했으며 24시간 중 공유하는 일상생활은 아주 잠시였기에 이 공동 여행 패턴을 익숙하게 영위하려면 기다림이 필요했다.

부자, 모자, 부부, 형제, 자매 등 가족 관계의 두 개인이 장시간 여행을 한다면 각 그룹에 맞는 조율을 가능하게 하는 기다림이 필요할 것이다. 우리 같은 모녀 사이에는 그런 현상이 존재하지 않을 줄 알았는데 나의 생각이 틀렸다. 지금까지의 생활 방식과 확연히 다른 현실 속에서 예견치 않은 돌발 상황을 감지했다. 하지만 해소하기까지의 기다림은 그리 오래 걸리지 않으리라 생각했다.

서로가 팽팽하게 줄을 당기고 있으면 무언일지라도 치열한 대치, 격돌의 상황이 오래 가겠으나 엄마로서 나는 그 줄을 당기지 않고 쥐고만 있었다. 적어도 둘 사이의 내적 관계는 조만간 평탄하고 순탄하게 돛을 올리리라 믿었다.

호텔로 돌아오는 길은 나섰던 길과는 다른 길로 고불고불 돌아서 왔다. 앞 면은 좁고 안으로 긴 구조, 서구적인 디자인의 파사드가 매력적인 베트남식 건물을 사진에 담았다.

건물 정면의 너비와 세금은 정비례했으므로 건물은 기형적이라 할 만큼 좁고 길었다. 빛이 기울어 들어가지 않을 만큼 깊었다. 이러한 건물 형태가 이 도시의 멋으로 다가왔다. 베트남의 마지막 왕조인 '응우옌 왕조Nguyễn'(1802~1945)가 물려준 고도古都와의 첫 대면식이 끝났다.

3대의 습관 엽서 쓰기, 호치민

어린 시절부터 익숙한 이름 '사이공Saigon'. 로스엔젤레스를 나성, 네덜란드를 화란, 프랑스를 불란서라는 국명으로 영어와 한자를 혼용해서 불렀던 때, 베트남은 월남이라고 불렸다. 오늘 아침 눈을 뜬 이 도시는 월남의 사이공이자 호치민이다. 내가 신문을 제대로 읽지 못했던 꼬맹이였을 때, 월남전이 시작되었고, 하노이, 사이공에 더해 월남이라는 지명은 '쪼꼬렛' 향기 풍기는 환상의 나라로 다가왔다.

월남 파병 장교였던 이웃집 친구의 아빠는 그곳에서 거대한 나무상자에 맛난 것 이상을 꽉꽉 담아 보냈다. 친구는 꼼꼼히 세어서 세 알, 다섯 알의 '새알 쪼꼬렛'을 손바닥에 올려주며 김 상사라도 된 듯 생색을 냈다. 내게 첫 이국은 이날의 '달콤한 월남', 신기한 '야전식C-ration의 월남'이었다. 월남에서 온 새까만 쪼꼬렛은 담장 너머에 내가 보지도 갖지도 않은 신기한 물건이 존재함을 처음으로 일깨워주었다.

1975년 사이공은 함락되었고 지도상에서 이름이 사라지게 되었다. 그날의 흑백 TV 속 뉴스의 회색 아우성들이 아직도 뇌리에 맺혀 있다. 전쟁 영웅이자 국가의 리더인 호치민의 이름은 사이공을 대신했다. 내게는 사이공으로 더 친숙한 호치민 시.

공항에 첫발을 내딛자 호치민이란 알파벳이 선연하게 들어온다. 사이공을 철저히 '믿었던' 사람들에게 호치민이란 이름이 내려진 첫날의 느낌은 어떠했을까. 상처? 패배감? 굴욕감? 혹은 그 반대로 해방? 44년이 지난 오늘, 호치민 시에서 꼬맹이 시절에 신비하고 달콤하게 그리고 아릿하게 받아들였던 사이공의 흔적을 발견했다.

시내 중심 도로는 프랑스 남부 어느 도시와 흡사했다. 오토바이 떼와 노란 별이 박힌 붉은 깃발이 없다면 지중해 근처 어느 도시쯤으로 착각했을 것이다. 가로수, 건축물, 도로망, 표지판

등, 도시의 기본 구조에서 프랑스로부터의 영향이 확연히 드러났다.

호치민 중앙 우체국으로 향했다. 의아하게도 '파리 코뮌 Công xã Paris'이라 불리는 중심 거리에 자리 잡고 있었다. 식민 시대의 흔적을 지워버리지 않았고 여기저기, 지명에 이르기까지 프랑스의 자취는 현재의 베트남 스타일로 녹아 있었다. 우체국은 인도차이나 식민지배 시대인 1891년에 프랑스 우정국이 지은 건물로 고딕과 르네상스 향기를 풍긴다.

철골 설계는 귀스타브 에펠이 했다는 설이 있으나 그가 남긴 건축물 기록을 살펴보면 그는 베트남에서 총 21개의 구조물 건축에 참여했는데 이 중앙 우체국은 리스트에 들어 있지 않다. 철골 구조 설계에만 참여했다는 일설이 있기는 하다.

철을 벼려 만든 소담스러운 꽃들로 장식된 철문을 통과했다. 매끄럽게 닳은 대리석 바닥 위에서 긴 시간의 흐름을 감지했다. 정면 멀리에 호치민의 대형 초상화가 걸려 있다. 좌우로는 옛 '사이공을 포함한 인근 지도Saigon et ses environs'(1892)와 '남베트남과 캄보디아의 전신망 지도Lignes télégraphiques du Sud Vietnam et du Cambodge'(1936)가 프레스코처럼 벽에 그려 있다. 우체국은 작은 성처럼 컸고 참으로 매력적이라 자꾸 끌려 안으로 들어갔다.

우리는 입구 좌우와 내부 홀 안의 기프트 숍에서 엽서를 샀다. 편지를 쓰라고 마련된 긴 앤티크 나무 테이블에서 여행자들이 누군가에게 편지를 쓰고 있다. 나는 호치민 중앙 우체국에서 옆에 있는 아이에게 엽서를 썼다. 아이는 몇 장이나 쓰는지 엽서에 시선을 내리꽂고 골몰해 있었다. 사반세기 만에 처음 하는 '대작업'인지라 오탈자 없이 쓰랴, 내용을 생각하랴, 글을 압축하랴, 신경을 쓰느라 등에서 솟는 아이의 후끈한 열기가 내게까지 전해졌다. 그럼에도 표정에서 이 경험의 즐거움이 온전히 드러났다.

엽서를 다 썼다. 우표 판매 부스에서 구입한 우표의 뒷면은 거친 종이처럼 보송보송했다. 부스 옆에 청포묵처럼 쑨 흰 풀이 가득한 풀 통과 풀칠하는 용도의 붓이 걸려 있다. 우표를 붙이는 도구들이 코앞에 놓여 있건만 낫 놓고 'ㄱ'자도 못 찾는 아이가 우표를 들고 어찌할 바를 몰라 했다. 뒷면이 보송보송한 우표를 엽서에 어떻게 붙이냐는 구조의 눈빛을 내게 보냈다. 스티커가 아니었던 것이다.

여행에 빠지는 이유 중 하나는 잊었던 추억을 소환하기 때문이다. 어린 시절 우체국 창문 앞에 와서 우표를 사고 주소를 적던 풍경이 오버랩되었다. 나의 엄마는 밀가루 풀, 밥풀, 물

풀 그리고 혀를 내밀고 우표에 침을 발라 붙이는 법을 가르쳐 주었다. 우표에 혀를 대면 달콤한 맛이 나서 도맡아 침을 바르고 싶었다. 1970년대에 엄마는 해외 출장을 갔다. 이 일은 우리 가족에게 드물고 대단한 사건으로 엄마의 외삼촌을 포함해 가족 모두가 김포 공항 송영장까지 나가서 '빠이빠이'를 했다. 노란 머리카락의 소녀와 초록 풀밭의 젖소 사진의 뒷면에 스탬프가 꾹 찍힌 엽서들이 엄마보다 먼저 도착했다.

나는 1980년대 후반, 배낭여행을 다니던 젊은 시절부터 출장 다니던 직장인 시절에, 엄마가 그랬듯이 내 이름으로 그리고 아이가 태어난 후에는 아이 이름으로 엽서를 보냈다. 집으로 돌아오면 엽서가 기다리고 있거나 이후에 도착한 엽서를 직접 받았다. 아이와 나는 이번 여행길에서 누가 하자고 말을 꺼내기도 전에 엽서를 사고 글을 쓰고 우표를 붙였다.

한참 후에 우표가 사라지는 초 디지털 세상이 온다 해도 아이가 종이 위에 따뜻한 한마디를 써서 보내는 습관을 이어갔으면 싶다.

작은 우표에 풀칠하는 재미가 있는지 아이 입가에 미소가 번져나갔다. 나는 대단한, 화려한 인생살이보다 사람으로 살아가는 기본적이고도 평범한 방법을 보여주고자 했다. 하나하나 사소한 경험들이 모여 스물다섯 해가 쌓였고 아이는 이렇게 자라왔다. 스물다섯 해 동안, 깨알같이 작은 행동들, 생각들, 세상을 살아갈 때 필요한 작은 상식들을 오늘처럼 보여주고자 했다. 더 '큰' 어미였으면 멋진 행동, 대단한 생각들, 풍부한 상식들을 보여주었겠지 싶어 아쉽지만 이 정도까지 하기 위해서도 무척 애썼다.

어린 시절에 좋아했던 시, 유치환의 〈행복〉을 들려주었다.

사랑하는 것은 사랑을 받느니보다 행복하나니라.
오늘도 나는 에메랄드 빛 하늘이 훤히 내다뵈는
우체국 창문 앞에 와서 너에게 편지를 쓴다.

아이의 표정에서 행복을 읽는다.

쿠치 땅굴, 그 충격과 감동

서울의 빛과 비교할 수 없을 정도의 진한 태양 빛 아래로 나서자마자 금세 쪼그라든 배춧잎처럼 되었다. 어제는 전쟁기념관에 다녀왔고, 오늘은 호치민 시 외곽에 위치한 '쿠치Cù Chi' 땅굴 마을에 가는 날이다.

돌멩이와 최루 가스가 공중을 메웠던 험난한 시국도 겪지 않았고 '클래식'이 되어 버린 전쟁 영화 이야기를 그저 재미난 옛날 이야기로 들을 수 있는 스물 중반의 딸아이와 함께 쿠치 땅굴 앞에 섰다. 쿠치 땅굴은 호치민 시에서 벗어나 한 시간 이상 시골길을 달려가야 하므로 지역 여행사 안내서를 보고 하루 관람 프로그램을 신청했다. 해외 여행 경험이 꽤나 많은 유쾌한 영국 노부부와 우리 모녀가 멤버로 한 차에 탔다. 25세 베트남 청년 가이드가 동행했다.

영국인 이상으로 능숙하게 영어를 구사하는 그에게 어디에서 유학했는지 묻지 않을 수 없었다. 그는 너무나 가난해서 방 안에서 비디오를 보며 독하게 5년 동안 독학을 했다고 했다. 영어를 익혀야 살 길이 열릴 것이라고 생각했고 남들이 뭐라고 하든 신경 쓰지 않았다고 했다. 오늘 아이가 받은 첫 번째 충격이었다. 물론 나도.

쿠치 지역의 땅굴은 전쟁 당시 미군에 대항해 전선을 폈던 사이공 지휘부가 있던 곳이다. 땅굴은 장장 2550km 정도 길이, 깊이 10m 내에 개미집처럼 몇 개의 층을 이루어 복잡하게 구성되어 있다. 지휘 본부 공간, 부엌, 거실, 침실 등 공간을 세분해 건축했으며 미약하나마 환기, 환풍 시설도 갖춘 지하세계였다. 이렇게 긴 땅굴로 미군의 공격에 저항할 수 있었던 것은 일반적으로 각 가정마다 지하에 파두었던 저장고 등을 빠른 시간 내에 연결해 거대 지하 땅굴 망을 형성했기 때문이다.

아무리 인간 생활에 필요한 공간들을 마련해 놓았다고 해도 햇빛을 쬐지 않고 어두운 밤 시간 대에만 땅굴을 파서 공간을 연장하는 지하 생활은 건강에 좋을 리 없었다. 게다가 연기를 피울 수도 없으니 가능한 최소의 음식으로 연명해야 했다. 지상으로부터 지하 10m 공간까지 대나무 통을 연결해 개미집으로 위장한 환기구를 하룻밤 사이에 만들어야 했다. 상상을 초월한 초인적 힘을 발휘하지 않고서야 이러한 작업이 가능할까 싶다. 실핏줄처럼 가늘디가는 생명 줄을 놓치거나 잃지 않으려는 절박함에서 비롯되는 그런 힘 말이다.

베트남 가이드가 또랑또랑한 목소리로 덧붙였다.

"적군을 더 죽이고자 함은 아니었습니다. 이때는 상황이 그랬습니다. 죽이지 않으면 내가 죽임을 당하는 때였습니다."

사이공 마을 사람들은 낮에는 농민이고 시민이었으나 밤에는 저항군으로 지하세계와 연계하고 있었다. 땅굴은 매우 복잡했고 기록한 지도는 없었다. 모든 위치는 그들의 머릿속에 기억으로 저장되어 있었다. 아무리 상공에서 포격을 가한다고 해도 거미줄처럼 연결된 어마어마한 땅굴 망을 뚫을 수 없었음은 자명한 사실이었다. 시간이 지나면 전쟁은 베트콩의 승리가 될 것이었음을 이 땅굴을 보고 실감했다.

B51 포탄이 떨어진 자리는 거대한 연못처럼, 작은 분화구처럼 움푹 파여 있다. 전후 50여 년이 다 된 지금 그 자리엔 야자수 한 그루, 잡목, 이름 모를 풀들이 솟아나 폭격의 흔적을

지워가고 있다. 포탄이 떨어져 지상에서 가까운 땅굴 1층 공간이 파괴되면 그쪽은 연결 상태를 끊었다. 적군에게 혹시라도 발견되면 일정 공간에 물을 가득 쏟아 붓고 폐쇄했다.

땅굴은 또 다른 층, 다른 경로로 이어져갔다. 땅굴과 땅굴을 통한 저항 활동 또한 그러했다. 그들은 제대로 먹지 못했고 지하 생활로 인한 다양한 질병에 시달렸다. 그럼에도 불구하고 저항은 하나가 되어 계속 이어졌다. 결국 베트남은 지구상에서 미국과의 전쟁에서 승리한 유일한 국가로 기록되었다. 현장 목격과 상황 설명에 아이는 적지 않은 충격을 받아 보였다.

땅굴 지역을 돌고 나왔다. 두세 시간은 훌쩍 지났고 가이드는 더위와 전쟁의 실상을 목격하느라 심신이 지친 우리들에게 따뜻한 차와 삶은 구황작물을 내주었다. 구황작물은 타피오카. 가이드가 뿌리를 가져와 내보이며 설명을 했다.

"타피오카는 뿌리에 뿌리를 내려요. 우리도 한 세대에서 다음 세대로 이어지며 살아가요. 젊은 우리는 미국이나 미군을 증오하지 않아요. 그건 과거예요. 우리는 우리 세대의 미국민들과 어깨를 겨루고 함께 공조해 살아가길 바라요. 과거에 매달리지 않아요.

이야기 하나 할게요. 우리 할아버지는 10명의 자식을 두었어요. 딸을 포함해 8명이 지난 전쟁으로 모두 사망했어요. 딸도 아들도 당시에 모두 전사였어요. 그 시절에 미군에 대항해 맨몸으로 돌격할 지원자가 있냐고 하면 베트남 사람 중에서 어느 누구도 뒤로 빼는 사람이 없었어요. 돌격대는 그날로 죽음을 의미했어요.

할아버지도 돌격대에 자원하는 손을 들었는데 그때 한 청년이 대신 나서겠다고 했답니다. 이유는 할아버지는 자식도 있고 뿌리를 내리게 해야 하지만 부모, 형제 모두 사망한 자신은 홀홀 단신 아무도 없으니 자신이 나서겠다고요. 그 청년은 그날 밤 사망했고 그 이후 할아버지 집에는 10명의 자식과 새아들의 사진이 걸려 있어요. 할머니는 그 사진들을 매번 쳐다봅니다."

자식 여덟과 남편을 잃은 할머니의 심정을 어찌 헤아린다고 말할 수 있을까 싶다. 그럼에도 불구하고 바로 자신의 아버지 세대 이야기건만 가이드 청년은 과거에 대한 응어리, 울과 분은 없다고 했다. 타피오카 뿌리가 뻗어나가는 것처럼, 또 대나무가 마디마디 올라가는 것처럼 미래로 나가는 것이 더 중요하다고 첨언했다.

그의 이야기를 들으며 눈 뒤쪽 아주 깊은 곳에서부터 아린 눈물이 솟아났다. '농담쟁이' 유쾌한 영국 할아버지의 눈동자가 붉게 물들었다. 청년의 설명은 충격 이상의 감동과 교훈을 새겨주었다.

30년 삶의 간극이 아이와 나 사이에 존재하는 것처럼 둘 사이 시각의 차이 또한 적지 않으니 아이는 나와는 다른 무언가를 느꼈을 수 있다. 호치민에서 다른 무엇보다 전쟁기념관과 쿠치 땅굴에 온 것은 잘한 선택이었다.

킬링 필드의 시린 눈빛, 프놈펜

'크메르 루즈Khmer Rouge', '폴 포트Pol Pot', '킬링 필드Killing Field'의 현장. 캄보디아, 프놈펜에서 연상되는 단어들이다. 서울을 떠나기 전에 빈국貧國이라 힘들 텐데 그런 나라에 왜 가냐는 이야기를 들었다. 여행지 선택의 기준이 빈국과 부국은 아니었다. 다 사람 사는 곳인 것을……. 어디를 가든 그곳의 상황에 맞추어 적응하고 생활하는 여행이기를 바랐다.

1970년대 뉴스에서는 캄보디아의 론 놀과 폴 포트 그리고 킬링 필드가 자주 거론되었다. 항상 '끔찍한'이라는 형용사가 문구를 수식했다. 이 단어는 건조하게 스쳐 지나갔고 나는 어렸으며 제 의미를 감지하지는 못했다. 우리는 과거의 잔혹한 현장에 섰다.

프놈펜 시내에서 7km 정도 떨어진 거리에 있는 킬링 필드의 현장이자 기념비가 세워져 있는 '청아익 대량학살 센터 Choeung Ek Genocidal Center'로 향했다. 돌아보는 한 시간여 동안 가슴뼈가 도려질 듯 아팠다. 딛고 서 있는 땅으로부터 원혼의 서러움 이상의 한이 밀려올라 온몸이 저려왔다. 하늘은 한껏 푸르기만 한데 고요와 침묵의 공기가 무겁게 짓눌렀다. 뒷머리가 조여져 당겨왔다.

애가 끊어질 듯 아파 보이는 고목이 한 그루 서 있었다. 세상의 어느 나무를 애가 끊어질 듯 아프다고 표현할 수 있을까. 나무는 너무 아픈 나머지 초록 새 잎도 감히 내지 못하는가 보다. 씨를 말리려면 후손까지도 모두 없애야 한다며 총알도 아깝다고 아이들을 이 나무에 쳐서 죽였다. 이런 사실을 이 나무 앞에 와서야, 이제야 알았다.

속 눈물을 너무도 흘려 머리가 깨질 듯 아파왔다. 생채기를 소금으로 문대는 것 이상으로 쓰리고 쓰렸다. 어릴 적 흘려들은 '끔찍한'은 존재해서는 안 되는 이런 비극을 내포한 단어였다.

더위를 못 이기는 아이였지만 센터에 비치된 '한국어 오디오 가이드'에 귀를 기울이고 현장을 돌며 세세히 듣고 읽고보고 있었다. 한 시간도 더 지났다. 더위와 두려움에 대한 투정이나 거부는 조금도 보이지 않았다. 아이와 같은 동선을 따르는 몇몇의 서양 젊은이들도 마찬가지로 심각한 표정을 한채 오디오에 집중했다. 나는 조금 앞서 걸었다.

캄보디아 내전이 끝나가는 1975년부터 1979년까지 '캄푸치아 공산당Communist Party of Kampuchea'인 크메르 루즈는 다른 종족, 승려, 엘리트라는 이름으로 최소 100만에서 300만에 이르는 국민을 처형하는 만행을 저질렀다. 당시 인구가 약 800만 명 정도였다는 것을 고려하면 약 8명 중 한 명, 혹은 2.3명중 한 명이 사망한 것이다. 문화혁명 당시 약 8억 인구의 중국에서 처형당한 150만여 명은 약 533분의 1정도에 불과했다고말할 정도이다. 정확한 통계는 잡히지 않지만 예일 대학과 공조해 예측한 캄보디아 사망자 수는 전국 2만여 개의 집단 묘지에서 적어도 138만 6734명이라고 한다.

사실 오늘 이곳에 오고서야 '킬링 필드'는 한 군데가 아니라 캄보디아 전역에 퍼져 있음을 알았다. 3백여 살생의 장場, 킬링 필드는 이 나라 내 '어디든' 있었다. 폴 포트라는 1인으로부터 비롯한 광기는 크메르 루즈라는 인간 집단의 또 다른 광기를 불러 일으켰다. '안경을 썼으니 엘리트'라는 이유로 처형당한 사례는 이미 익히 널리 알려진 바다.

프랑스에서 유학까지 하고 온 폴 포트가 왜 엘리트에 대해 이런 극심한 적개심을 품었을까, 왜 이런 세기에 기록될 '대량학살Genocide'을 저질러야만 했는가는 크나큰 의문이다. 무엇이 그를 인간이 아닌 악마로 만들었던 것일까. 자료를 읽어도 끝내 이해되지 않는다.

킬링 필드 현장 한편에 세워진 센터 건물로 걸어갔다. 지금까지 발견된 유골 중 아주 일부만 모아둔 14층 높이의 위령탑이다. 쓰라린 목구멍으로 눈물을 삼켰다. 이러한 역사의 증언에도 불구하고 지구상에서 지속적으로 벌어지는 유사한 악행은 언제까지 계속될 것인지, 그 끝이 언제가 될지 모르겠다.

1979년 베트남의 침략으로 크메르 루즈의 만행은 멈추었다. 킬링 필드라는 단어는 이 지옥에서 탈출한 캄보디아인 기자 '디트 프란Dith Pran'의 증언에 따라 영화화되면서 하나의 클리셰가 되었다.

무거운 마음을 안고 '투올 슬렝 대량학살 박물관Tuol Sleng Genocide Museum'으로 발걸음을 옮겼다. 이곳까지 가는 내내 숨통이 조여와 아이와 나는 둘 다 한마디도 할 수 없었다.

박물관은 프놈펜 시내에 있었다. 캄보디아에서 고문과 처형을 하던 150~196여 감옥 중 하나다. 크메르 루즈는 옛 고등학교 교실을 매우 작은 방으로 분리, 개조해 고문과 학살의 공간으로 사용했다. 현재는 일부를 관람객들에게 공개해 박물관으로 기능하고 있다. 당시의 고문 기구, 자료 그리고 자국과 흔적이 남아 있다. 건물 내에 배어 있는 특이한 냄새에 가슴이 오그라들었다. 가슴 깊은 곳에서 겨우겨우 한숨이 새어 나왔다.

프놈펜은 모녀여행자인 우리 둘에게 무겁고 버거웠다. 거리에서 감지되는 기류가, 사람들의 거친 행동과 공격적인 시선이 그러했다. 우리는 긴장을 늦출 수 없었다. 둘이 함께했으므로 서로에게 더욱 의지가 되었다. 내색은 안 했지만 아이를 보호해야 하는 입장에서, 사고라도 날 경우를 우려하지 않을 수 없었다. 근육선과 신경줄이 팽팽히 당겨져 피로도를 몇 배로 올렸다. 둘이서 거리를 걸을 때면 신경이 곤두섰다.

그럼에도 불구하고 나는 이 도시가 싫지 않다. 오히려 크나큰 연민에 눈이 촉촉해진다. 불안정한 사회, 낙후된 환경, 빈한한 살림, 그리고 사람들의 불안한 눈빛과 공격적 행동……. 내가 목격하는 이 도시의 피폐한 상황이 치유되려면 얼마나 많은 세월을 거쳐야 할까. 언젠가는…….

다음에 다시 돌아오기를 기약하고, 그때는 이 도시에 사는 사람들로부터 유연자적悠然自適함을 느낄 수 있기를 바란다.

프놈펜을 떠나며 짐을 떼어냈다. 사실 입다가 버릴 요량으로 들고 온 셔츠와, 공연장이라도 가게 되면 마지막으로 입고 없앨 오래된 원피스 등을 호텔 측에 처리해달라고 했다. 조금의 무게라도 줄여야 앞으로의 긴 '항해'를 계속 할 수 있으리라 판단했다. 서서히 짐의 무게, 육체의 무게, 마음의 무게를 덜어내고 있다.

마법을 믿어볼 시간, 방콕

우산이 없었다. 진한 잿빛 하늘이 서서히 몰려오더니 빗방울을 툭, 툭 떨어트리기 시작했다. 우리는 여행 내내 우기를 피해 다니기로 했기에 얇은 방수 윈드 커버 외에 우산을 따로 준비하지 않았다. 해가 나든 비가 오든 상황에 따라 대처하기로 했다. 우리 둘만이 '우리의 24시간 스케줄'을 지배하므로 시간에 쫓길 염려는 없었다.

시간 앞에서 당당해졌다. 비가 오면? 비를 피해서 뉘 집 처마 밑으로 들어가든 아무 찻집으로 들어가든 잠시 비를 피하면 되었다. 해가 나기를 기다리면서 둘이 이야기를 나눌 수도,

허공을 하염없이 바라볼 수도 있었다. 이번 여행에서는 아무 것도, 아무 생각도 안 할 권리 또한 우리에게 부여했다. 처마 밑에서 떨어지는 빗방울만 응시해도 좋을 삶. 서울살이와 달리 시간은 온통 우리 편이었고 우리의 처분만 기다렸다.

빗방울이야 서울에서도 맞던 것인데 3월 방콕의 빗방울은 다른 느낌을 주었다. 한 방울의 굵기도, 면적도, 낙차에 의한 세기도 달라서 한 대 두 대 팔뚝을 때리는 빗방울은 작은 모기 한 마리가 물고 지나간 듯 아리아리한 자리를 남겼다. 리듬과 속도를 타고 축, 축, 떨어지는 소리를 남겼다. 뜨거운 회색 보도에 큼지막한 방울 자국을 드문드문 그렸다.

서둘러야 했다. 우리가 들어선 넓은 골목길은 긴 담장과 신식 빌딩이 이어져 피해갈 낭만적인 처마는 보이지 않았다. 근처 카페에 도착하기 전에 이런 빗방울들이 떼로 몰려온다면 낭패였다.

잰 발걸음 덕분에 비가 쏟아지기 전에 카페 '루카Luka'의 육중한 나무 문을 밀고 들어설 수 있었다. 손님들이 각자 자그마한 테이블을 하나씩 차지하고는 무표정한 하얀 얼굴을 노트북에 들이대고 뭔가에 몰두하고 있었다. 각 테이블에는 작은 스탠드가 노르스름한 빛을 내리고 있었다.

안쪽 깊숙이 놓인 테이블에 앉았다. 고개를 돌리니 크래프트 전지에 적힌 카페의 모토가 보였다. 카페에 모토가 있다니, 생소하면서도 얼굴도 모르는 주인장에 대한 신뢰도가 급격히 상승했다.

Suddenly you know... It's time to start something new & trust the Magic of new beginnings.

있잖아요, 갑자기⋯⋯. 새로운 무언가를 시작할, 그리고 새로운 시작의 마법을 믿어볼 시간이 되었습니다.

이 모토는 나의 뒷덜미를 서늘하게 했다. 곱씹어 읽어봐도 역시 감동을 줄 만큼 아름다운 문장이다. 마치 나를 위해 예비한 문장과도 같았으며, 나의 반성을 이끄는 계시와도 같았다.

사실 서울을 떠나기 전에, 나는 이 여행은 아이가 세상에 눈을 뜨는 여행이며, 소개자 역할을 하는 내게는 적정한 휴식을 가져다줄 것이라고만 생각했다. 반세기를 사는 동안 이래저래 세상 구경도 어느 정도 했으니 뭘 봐도 젊은 날처럼 큰 감동을 얻을 리 만무했다. 10년 차이 나는 선배는 1년의 여행이 끝나고 돌아올 즈음엔 나도 모르게 많이 변해 있을 것이라고 했다. "네"라고 대답은 했지만 '이 나이에 뭔 변화가 오겠나'

라는 생각이 확고히 똬리를 틀고 있었다.

'Something new'를 시작하기보다 현재까지 손안에 쥐고 있는 것, 남은 생을 잘 다듬고 꾸려가는 것, 등반이 아니라 인생의 하산 길을 잘 추스려 가는 것이 나의 관건이었다. 살아갈 날이 살아온 날보다 조금 남았고, 솔직히 말하면 재미난 취미 활동이라면 몰라도 '이 나이에 새로 시작할 게 뭐 있나'라는 자조적인 생각이 지배적이었다. 그런데 이 모토가 나를 강타하며 벽돌처럼 단단하게 들어찬 고정관념에 금이 가게 했다.

나를 번쩍 깨운 모토의 단어들 'suddenly, start, something, new, trust, Magic, new beginnings'를 거듭 읊었다. 이 단어들 중 어느 하나도 뺄 것이 없었다. 앞으로 총총한 미래가 기다리고 있는 아이에게는 어필하겠으나 내게는 무관할 듯한 이 단어들이 살아 있는 듯 나의 가슴을 찔렀다. 이 문장처럼 이번 여행을 통해 사실 우리는 'new beginnings'를 시작했다. 하지만 'Magic'을 만나리라고는 기대조차 하지 않았다. 누군가 살아오는 동안 내게 'Magic'이 일어났었냐고 묻는다면 나는 코웃음을 치며 부인했을 것이다.

카페의 모토를 아이에게 보라고 했다. 내가 감동한 만큼 아이도 그러했는지는 묻지 않았다. 아이의 '몫'을 굳이 확인할 필요는 없었다. 나는 잠시 침묵했다. 곰곰 돌이켜 생각해보니 살아오면서 감사하게도 'Magic'을 참 많이 만났다. 매직은 상대적인 것이라 타인의 눈에는 내 생의 매직이 보이지 않을 수도 있을 것이다.

입학, 학업, 취업, 이직, 사업 그리고 건강 등 인생의 둔턱과 터널을 넘어갈 때마다 나는 매직과 함께했지만 그런 줄 깨닫지는 못했다. 지나고 나니 우연인지 필연이었는지 감 잡을 수 없는 신기한 일들을 경험했다. 그런 일상의 흐름에 감사할 때도 많았다. 그러고는 까맣게 잊었다.

아마도 앞으로 남은 인생길 위에서 눈치채지 못할 몇 차례의 매직을 스쳐갈 것이다. 그때도 모르고 지나갈 것이다. 한참 후 인생의 뒤안길에서 뒤늦게 알아차릴지 모르겠다.

오늘의 문장 하나를 얻고 카페를 나섰다. 게을러지고 둔해질 때, 시도할 의욕을 잃을 때, 생의 감사를 잊을 때 다시 꺼낼 문장이다. 아이가 선택하고 이끈 이 카페에 오길 잘했다.

차오프라야 강 위를 흐르는 배

이리저리 쏘다니기로 했다. 처음 오는 방콕 시내에서는 보이는 모든 것에 호기심이 일었다.

버스 정류장의 표지판, 진하고 큼직한 초록 식물의 잎사귀 형태, 화려함을 뽐내는 길가의 화초들, 지하철 티켓의 컬러 조합, 캐릭터로 호소하는 광고 이미지, 나뭇잎으로 짠 바구니 안에 들어앉은 찹쌀밥 봉우리, 해산물 샐러드 속에서 하늘거리는 투명한 국수, 길모퉁이에서 불쑥 나타나는 알록달록 눈부신 사원들 그리고 거기서 번져 흐르는 향 내음, 허공을 가르는 무수한 가닥의 먼지 낀 검은 전깃줄, 밀림의 키 큰 열대나무들처럼 다닥다닥 붙은 낡은 건물, 여행자들과 장사꾼이 교차하는 카오산 로드Khaosan Road, 컬러풀한 코끼리 바지와 공예품, 글자 모양 만큼이나 따따부따 울려 퍼지는 알아들을 수 없는 말소리, 거대한 와불臥佛의 발바닥 황금 지문, 황금빛 혹은 은빛 사원……, 이 모든 것들이 눈으로 훅 들어와 방콕에 있음을 제대로 느끼게 해주었다.

40여 년 전, 어릴 때 선물 받은 태국산 볼펜 한 자루가 생각났다. 올톡볼톡 알록달록하며 거울 조각이 달려 빛을 방산放散하여 신기하기만 했던 볼펜, 오늘 방콕에서 본 태국의 색상과 형태가 그 작은 볼펜에 응집되어 있었다. 볼펜의 이미지들이 도시 전체에 펼쳐져 있었다. 이상한 나라에 떨어진 앨리스처럼 어색한 몸짓으로 이 화려한 도시를 쏘다녔다. '툭툭이'와 '썽태우', 버스, 배, 택시, 우리는 이동 가능한 방콕의 교통 수단을 모두 시도했다.

방콕 시내의 47번 버스, 어느 일요일의 한산한 도로를 버스는 문을 열어젖히고 신나게 달렸다. 버스의 바닥은 닳고 닳아 나이테가 굵은 심줄처럼 튀어나온 나무 마루다. 내 눈을 응시하는 버스 차장 아주머니가 말없이 다가와 은근한 눈빛으로 대화를 걸었다. 가벼운 버스 몸체의 흔들림에 몸을 맡기며 나는 지갑을 열었다. 그녀는 버스의 흔들림에는 전혀 아랑곳하지 않고, 생전 처음 보는 독특한 모양의 생철 통 — 이런 통은 베트남에서도 볼 수 있다 — 을 열고 능숙한 솜씨로 손을 놀렸다. 오른손에 쥐고 있는 생철 버스표 통에서 엄지 손톱 두 배만한 버스표를 끊어주고 거스름 돈을 내주었다. 닳아서 오히려 더욱 반짝이는 은반지를 낀 주름지고 마른 손등에 눈이 머문다. 그녀의 눈빛과 손놀림으로 버스 내 질서가 잡혔다.

방콕 시내 중심을 구비구비 흐르는 차오프라야 강 위를 시민들의 발이 되는 대중교통 선박들이 쉼 없이 오르내린다. 럭셔리 호텔 고객을 실어 나르는 호텔 소유의 몸매가 매끈한 배, 시민의 발이 되는 버스 대용의 터프한 배, 좌안과 우안 양방향을 이어주는 기능의 배. 노선에 따라 별도의 부두가 많기도 했고 골목 안쪽에 숨겨져 있어 외지인이 찾기 어려운 선착장들로 우리는 혼란스러웠다.

우리나라보다 다섯 배나 큰 땅을 차지하는 태국은 인구가 6500만이고, 수도인 방콕은 광역권을 포함해 1460만 시민의 생활 터전이다. 공원과 연결되고 주거, 상업 지구와 멀리 떨어진 한강과 달리 차오프라야 강의 부두는 상점, 호텔, 사원, 왕궁, 시장······ 등 생활 밀집 지구와 붙어 있어 배는 버스처럼 활용도가 높다. 우리도 노정에 맞춰 강을 오르내리는 배를 타고 방콕 사람들처럼 이동하기로 했다.

세상 여행을 하면 눈칫밥을 먹기 마련이고 때로는 태국어로 소통했나 싶을 정도로 척 이해하는 능력을 발휘하기도 한다. 앞 사람을 흘깃 넘겨 보고 표를 끊고 그들처럼 재빨리 배에 올랐다. 구명조끼는 몇 개 걸려 있지 않았고 배 옆구리를 쳐대는 물살의 흐름은 성급했다. 두근거림. 너른 강물의 출렁임에 오가는 배들이 너울대며 파고를 높였고 맞바람이 콧숨을 막았다.

선착장에 배가 닿기도 전에 배 안의 사람들은 술렁이며 출구 쪽으로 몰렸다. 안내인은 큰소리로 뭐라고 외쳐댔다. 익숙하지 않음은 혼잡과 혼란으로 여겨졌고 우리는 그 안에서 이리저리 밀렸다. 표정과 억양과 반복적 말소리로 보아 '빨리빨리' 내리라는 의미로 짐작했다. 두 다리보다 마음이 앞서 나갔다. 우리는 쫓기듯 펄쩍 뛰어 부두의 시멘트 바닥에 올랐다.

배 안팎에서 맡은 업을 수행하는 직원들은 목청만으로도 막강한 파워를 과시했다. 승선자들은 그들의 말 소리를 따라 속도감 있게 움직였다. 그 안에 나름대로의 질서가 있었다. 제일선에서 선박의 운행을 책임지는 사람들의 얼굴은 반복적이며 단순한 그러나 주의를 놓치면 안 되는 업무의 강도를 완수하겠다는 의지를 드러냈다. 그들이 강퍅하게 느껴졌다.

세상이 다 기름질 수는 없다. 누군가는, 이 사회에서 하찮게 여겨지는 일들, 그러나 하지 않으면 안 되는 일을 하고 질서를 잡고 세상이 매끄럽게 돌아가는 데 단단히 한몫을 한다. 그 일을 맡은 사람들에게 감사를 표한다. 세상 모두의 업은 중요하다. 우리는 직원들의 센 목청에 따라 잽싸게 움직였다.

팀워크로 이루어낸 인생 동지

여행 한 달이 지나니 연필들이 뭉툭해졌다. 집 책상 위 손잡이 돌리는 연필깎이가 눈에 아른거렸다. 아이와 함께 휴대용 연필깎이를 사러 간 시암 센터(몰)에서 장난감 싱크대를 발견했다. 나와 아이가 놀던 부엌 세트보다 훨씬 진보한 디자인과 소재와 색감의 부엌 세트 앞에서 우리는 발길을 멈췄다.

'아. 이런 세트로 한번 놀아 봤으면……', 함께 놀던 그때의 설렘이 그대로 살아난다. 아이의 어린 시절 몇 장면이 눈 앞으로 휘리릭 흘렀고 우리는 그 자리를 쉬이 떠나지 못했다. 공구 세트 소유욕에 버금가게 부엌 세트 또한 언제나 가지고 싶은 로망이다. 삼시세끼 마련하라라면 버거워하면서 말이다.

50여 년 전, 1970년, 160개국 중 GDP 순위 1백 위인 우리나라의 GDP는 286달러였다. 나는 가난한 국가의 심각성과는 무관하게 도토리로 반찬을 삼고 붉은 벽돌을 갈아 김치를 만들고, 모래를 퍼다 밥을 지으며 흙 바닥에서 땅강아지처럼 소꿉장난을 했다.

1990년대, GDP 랭킹 12~16위로 훌쩍 올라선 나라에서 태어난 아이와 소꿉놀이를 했다. 다섯 살배기의 키 높이에 맞는 플라스틱 입식 부엌 세트가 방 한쪽을 차지했다. 기억에서 가물거리는 나의 대여섯 살 적 삶이 어땠을지 상상했다. 아이를 통해 나를 비춰봤다. 겪어보지 못한 신식 부엌 세트로 함께 놀면서 나의 어린 시절을 보상받는 듯했다.

아이와 노는 것은 언제나 재미있었다. 아이와 똑같이 설렘 지수 100이었던 그때 나도 다섯 살이었다. 오늘 나는 스물여섯 살, 아이와 동갑내기이다. 아이만큼 나도 한 해 한 해 성장했고 나를 반추하며 스물여섯 해의 삶을 다시 경험했다.

방콕 거리에 나서자마자 습한 더위에 곧 굴복했다. 더위에 약한 아이는 시무룩해졌다. 이글거리는 태양 아래 왕궁 안을 걸으며 우리는 지쳤다. 둘 다 아무 말도 안 하고 있었다. 곧 둘 사이에 당겨지는 가느다란 선이 끊어질 것만 같은 팽팽한 기류가 감돌았다. 아이는 이 힘든 여행을 계속해야 하나 재검토하는 듯 보였지만 묻지 않았다. 여행길을 더욱 방해하는 복병은 외부 환경으로 인한 긴장과 두려움보다 팀원 간에 부지불식간에 솟구치는 갈등과 불협화음이다. 불화, 파탄에 이르는 시위는 아직 당겨지지 않았다. 하지만 머지 않아 뭔가 일어날 조짐이 보였다.

아니나 다를까, 아이는 혼자 돌아가겠다고 선언을 했다.

"내가 돌아가도 계속 혼자 할 거야?"

딸아이는 내게 물었다. 나는 30년간 품은 소망이므로 계속할 것이라고 했다. 나의 굳은 의지에 아이는 서울로의 귀국을 금세 포기했다. 험난한 세상에 엄마를 홀로 두고 '안전한 세상'으로 돌아갈 수 없어서 그랬을 것이다. 또한 모녀 간에 흐르는 일종의 의리를 저버릴 수는 없었을 것이다.

아이는 여행을 계속 하기로 했다. 전적인 합의를 보자마자 요원 2인의 한 팀이 되었다. 그렇게 우린 날이 갈수록 점점 완벽한 팀을 이루었다.

둘의 여행을 원만하게 일구어 나가려면 서로에게 어느 정도의 인내심이 요구된다. 여행을 시작한 지 30여 일이 지나가고 있었다. 아직 30 x 11개월이 남아 있다. 24시간 내내 한 방에서 지내고 하루 세끼를 소비하며 같은 활동을 하고 365일을 지내는데 모녀지간이라도 어려움이 없을 것이라고 생각하지 않았다.

이동할 때마다 여행 가방을 다시 싸야 하고, 생판 모르는 이국의 거리에서 방향을 찾고 나아가는 그 모든 불편함과 낯섦을 아이도 점점 받아들이게 되었다. '투덜 지수'는 급격히 낮아졌다. 짧은 여행은 짧은 기간 내에 최대한 많이 취하려는 욕심에 두루 섭렵하느라 흥분하지만 긴 여행을 과도한 욕심과 로맨틱한 설렘만으로 대할 수는 없다.

이 여행은 현실이고 생활이었다. 한시적으로 살아가는 또다른 방식의 삶이 하루의 일상으로 자리 잡아 갔다. 어미가 할일과 자식이 할 일, 여행자 A와 동행 여행자 B가 해야 할 일상의 책무도 각자에 맞게 자연스레 분담되었다. 기본적인 팀워크가 다져졌다. 크게 불평할 만한 팀워크는 아니었다. 다만 아이를 키우며 26년간 무수히 마음에 새긴 글자 '참을 인忍'은 아이가 성인이 되었다고 해서 사라진 것은 아니다. 나와 같은 엄마를 둔 아이도 마찬가지겠지만…….

천천히, 느긋하게, 내려 놓고, 푸켓

천천히, 느긋하게, 내려놓고……. 여행을 시작하기 전부터 새긴 단어들이다. 아이가 식사 때마다 한마디씩 한다. 왜 그리 빨리 먹냐, 천천히 먹어라, 치아 닳으니 세게 씹지 마라…… 등등 잔소리가 시작되었다. 여행하면서 발견한 엄마의 모습 중 눈에 거슬리는 첫 번째 지적 사항이다.

서둘러 식사를 마치고 급히 달려나가 해야 할 일은 더 이상 없다. 단지 오랜 습관이 배어 굳어진 육체가 생각보다 신속히 반응할 뿐이다. 빨리 식사하고 뭔가를 해야 할 사람처럼 나도 내 모습이 도전적으로 보여 무색해진다.

우리는 서울에서 잔소리를 할 만큼 많은 시간을 공유하지 않았다. 그럼에도 나는 엄마라는 '상급자'로서 조용한 목소리로 잔잔한 잔소리를 했을 것이다. 그리고 인생을 조금 더 산 사람의 조언은 쓸데없는 잔소리가 아니라 귀담아 들을 보약이라고 생각했다. 아이는 양적으로 많지는 않더라도 귀에 얇은 딱지가 질 정도의 잔소리로 받아들였을 것이다. 다시 말하지만 '두꺼운'이 아니고 '얇은'이다.

사실 내게는 잔소리할 시간은 없었고 필요한 이야기만 나눠도 시간이 부족했다. 우리는 각자의 일, 학업을 쳐내기에 바빴다. 그래서 방학 때라도 아이는 일찍 일어나 나의 출근 시간에 맞춰 최대한 아침 겸상을 했다. 식사를 함께 하는 것은 일생에서 놓치지 않아야 하는 가장 중요한 소통이자, 함께하는 경건한 의식이다. 매달 잡지 마감 기간에는 가능한 집으로 달려와 저녁을 먹으며 아이와 대화를 하고 다시 회사로 가서 야근 마무리를 했다.

그러나 쥐어짜낸 자투리 시간에 관찰을 기울인다고 해도 속속들이 아이의 24시간 과정을 다 알 수는 없었을 것이다. 이제 아이는 나이 든 엄마의 상태를 세심히 관찰할 만큼 성장했고 안 보이던 것들을 볼 수 있는 나이가 되었다. 이 여행은 아이로 하여금 엄마의 행동, 언어, 습관, 건강에 대한 지적을 가능하게 했다.

나는 남보다 씹는 속도가 느리고 소화력이 대단치 못해 열심히 먹어도 친구들보다 수저를 놓는 시간은 항상 늦었고 주어진 양의 절반도 못 먹었다. 회사에서는 머리 위에 쌓인 일 때문에 먹는 둥 마는 둥 했고 집에 오면 집안일에 애도 봐야 해서 후다닥 위를 채우는 시늉만 했다.

직장 시절엔 미팅 겸 식사를 하니 아무리 고급 음식이라 해도 코로 들어가는지 입으로 들어가는지도 몰랐다. 오히려 집에서 조용히, 천천히 김치찌개와 김으로 밥 한 공기를 먹는 것이 지상 최고의 행복이었다.

사업을 하면서는 방문 손님들을 챙기느라 천천히 즐기며 식사하기가 곤란했다. 이제 충분히 식사할 시간이 주어졌음에도, '아무것도 안 할 자유'가 주어지고 눈앞으로 느리게 흐르는 시간이 턱을 괴고 기다리는데도 나도 모르게 마음이 부산스럽다. 시간을 여유 있게 사용하면 죄책감이 들었다.

서울 집에 있을 때도 지금의 속도로 식사를 했을 텐데 아이는 눈치채지 못했나 보다. 빨리 후루룩 먹고 손은 부엌일을 하면서 귀는 아이의 입에 주파수를 맞춰 놓고 입은 아이와 대화를 하고 눈은 집안 상황을 '스캔'하며 움직였다. 두 발은 종종

걸음을 쳤었다. 그렇게 30대와 40대와 50대 초반을 보냈다. 몸에 밴 습관은, 시간이 '똑딱똑딱' 가는 대신 여름날 늘어진 엿가락처럼 흐르는 섬 푸켓에서도 여전히 그러했다.

아이가 놀란 눈으로 천천히 먹으라고 할 때, 나의 눈이 황소 눈알처럼 커졌다. '나, 원래 천천히 먹는 사람이야'라고 속으로 항변했는데 내가 나를 가장 잘 몰랐다. 오늘부터 신경써서 천.천.히. 씹어야겠다. 여행 중에는 부엌을 정리하기 위해 식탁에서 먼저 일어나지 않아도 되었고, 이제 아이와 24시간 붙어 있으니 '직장맘'인 어미와 대화가 부족할까 우려해 둘이 공유하는 시간을 조금이라도 늘리려고 애쓰지 않아도 되었다. 천천히 느긋하게, 마음에 쌓인 무거운 퇴적물들을 내려놓아도 좋으련만 그 또한 하루아침에 되지 않는다.

일단 오늘 하루는 밀린 빨래를 하고 짐을 정리하고 집에서 쉬기로 했다. 다다음달 행선지는 어느 지역, 어느 도시로 할 것인지 비행기는 제때에 있는지 호텔은 어디로 할지 찾기로 했다. 여행 중에 가장 시간이 많이 걸리고 골치 아픈 검색이며 두 눈마저 쓰리게 한다. 찾아볼 관련 사이트의 수는 점점 늘어났다. 그중 투자 시간과 에너지 대비, 보다 효율적인 사이트를 골라냈다.

호텔들을 견주어보고 비행기 시간과 가격을 비교했다. 가능한 호텔과 비행기 도착 날짜와 시간이 맞는지를 비교하다 보면 끝을 내보이지 않는 '이미테이션 게임'을 하고 있는 듯했다. 결국 온 하루를 예약하는 데 다 바치고 저녁 먹을 시간을 맞았다.

김장을 해두면 한 겨울이 든든한 것처럼 호텔, 비행기를 예약해두면 한두 달은 남부러울 것 없이 마음이 든든했다. 예약완료 ENTER 키를 천천히 눌렀다. 하루가 이렇게 저물었다.

동물 보호? 사람 보호?

30년 차이로 태어난 나와 아이의 별자리는 물고기와 물병자리이다. 사실 아이가 초록별 세상이 별나게 보고 싶어서 서둘러 태어나지 않았다면 나와 같은 물고기 자리였을 것이다. 사주풀이를 하는 분이 모녀가 유별나게 잘 맞는다고 눈을 휘둥그레 굴리며 나를 쳐다봤던 적이 있다. 모녀 사이가 아무리 좋다 해도 애석하고 안타깝고 먹먹할 때가 없는 것은 아니다.

의견 차이가 없는 상상 속 완벽한 모녀는 아니지만 다행히 많은 부분에서 우리는 동감하고 동의했고 넓게는 한 방향을 향한다. 특히 동물에 대해서는 우리는 완전무결한 의견 일치를 본다.

아이는 태국에 도착하자 코끼리를 보러 가고 싶다고 했다. 왜 안 되겠나. 하고 싶다는 말만 하면 나는 실천에 옮기려고 했다. 나 또한 코끼리를 만나고 싶었다.

발설은 하지 않았지만 우리 둘이 공통으로 머릿속에 담고 있던 것은 코끼리 등 위에 올라타지 않기였다. 그런 트레킹은 원하지 않왔고 보호소에서 생활하는 코끼리가 보호 받고 있는 상황을 살펴보고 싶었다. 인터넷 서치를 통해 불우 코끼리를 돕는다는 취지의 보호소를 발견했다.

우리가 방문을 예약한 보호소는 '그린 엘레펀트 상크투어리 파크 푸켓Green Elephant Sanctuary Park Phuket'. 일인 당 입장 비용 2500 바트(약 9만 2000원)는 실비로 사용되리라 생각했다. 우리는 일손을 도와 코끼리 우리를 청소하고 먹이를 준비하고 목욕시키고 솔질을 하는 등 보조자 역할을 하며 반나절 동안 노동에 가까운 봉사활동을 할 거라 생각했다. 언덕만큼 쌓인 코끼리 똥 치우기만 시키면 어떻게 하나 하는 우려를 했다.

적어도 한 50여 마리의 코끼리가 있을 것이라는 상상과 달리 보호소에는 총 다섯 마리뿐이었다. 어미와 새끼 두 마리는 어제부터 예민해져서 치료와 보호를 받는 중이었고 코끼리가 생활하는 터 근처에는 가보지도 못했다. 우리가 만날 코끼리는 세 마리뿐이라고 했다.

대여섯 명 정도의 일반인 보조자가 노동 봉사를 할 줄 알았는데 예상 외로 관광객을 실은 차량은 계속 들어왔다. 각국에서 온 남녀노소 50여 명이 코끼리 세 마리 주위를 감싸고 서게 되었다. 나와 나의 아이 주위를 50여 마리의 코끼리가 둘러쌌을 때의 기분이 이와 같을까. 코끼리는 무척 컸지만 50여 명이 진흙을 발라주고 물을 끼얹고 솔질을 하고 샤워시킨다고 몰려가서 오히려 코끼리가 더 스트레스를 받는 건 아닐까.

이 프로그램은 오전, 오후 두 차례로 진행되는데 이것은 코끼리를 위하는 게 아니라 코끼리가 오히려 관광객들과 놀아주느라 애쓰는 형국이었다. 마음이 무겁기만 했다. 코끼리들은 노역과 곤혹스러운 서커스 장에서의 활동에서는 벗어났을지 모르겠으나 또다른 속박과 굴레에 갇혀버렸다. 코끼리 옆을 따라 걷다가 쓰다듬고 텔레파시를 보내며 말을 걸었다. 맑은 물로 샤워를 시키고 잠시 솔질을 해주었다. 과연 코끼리는 이런 생활을 원했을까.

서쪽을 향해 에스토니아 탈린까지 갔다가 서울이 있는 동쪽을 향해 돌아오는 길에 우리는 다시 방콕과 치앙마이에 들렀다. 치앙마이 숙소 맞은 편에서 코끼리 인형을 파는 가게를 발견했다. 이곳에서 코끼리 인형을 예쁘게 칠하는 프로그램에 참여했다.

코끼리 한 마리를 칠하는 데 1000바트를 내야 했고 그중 20퍼센트는 코끼리 보호 재단으로 들어간다고 했다. 이 방법이 조금이나마 코끼리 돕기에 보탬이 될까 하여 우리는 코끼리 인형에 색 무늬를 입히기로 했다. 45년 만에 처음으로 물감과 붓을 만져본 나와 달리 디자인 전공자답게 아이는 문양부터 색상에 이르기까지 컨셉트를 미리 세워 왔다.

페인팅은 밑칠, 연필 스케치, 색칠, 드라이 순으로 진행된다. 쇼윈도 밖에서도 우리가 작업하는 과정을 들여다볼 수 있었으므로 지나가는 사람들이 사진을 찍고 응원의 엄지를 들어올렸다. 코끼리 코를 직접 만지는 것보다 코끼리 인형을 하나씩 안는 만족감이 훨씬 컸다. 이 두 마리의 코끼리는 다른 동물 인형들과 함께 우리의 거실 한쪽에 놓이게 되었다.

자연 환경과 가장 흡사하게 잘 만들어졌다는 베를린의 동물원에 대한 환상을 품었다. 도대체 얼마나 잘 되어 있기에 극찬의 소문이 들리는지…….

　동물원은 시내 지도 중심에 초록 섬으로 표시된 거대한 티어가르텐Tiergarten 공원(1844년 개장)에 자리했다. 10여만 평(창덕궁은 16만 6000평 이상)에 현재 2만 여 동물이 거주하고 있다.

　10만 평을 걷는 게 이리도 버거운가 싶게 넓었지만 눈이 마주친 동물들이 행복한가는 의문이었다. 울타리 꼭대기 철망에 매달려 가지고 놀던 흰 천을 울타리 밖으로 내흔들다가 끝내 구경꾼들의 영역으로 떨어트린 원숭이의 눈빛을 잊을 수 없다. 천을 돌려주고 싶었지만 울타리와 우리 사이에는 관목이 두텁게 선을 두고 있어 원숭이에게 다가갈 수 없었다. 우리의 팔 길이는 너무 짧았다. 서늘한 눈빛의 원숭이는 무슨 신호를 보내고자 했을까. 흰 천을 흔들며 보낸 '모스 신호'의 의미는 무엇이었을까.

세르비아의 수도 베오그라드 시내 동편, 옛 요새를 포함하는 거대하며 평온한 공원 칼레메그단Kalemegdan 끄트머리에 서면 다뉴브 강과 사바 강이 합쳐지는 풍광을 볼 수 있다. 동물원은 이 공원 한편에 있다. 동물원 베오그라드 주Belgrade zoo(1936년 개장)는 동남

유럽에서 가장 큰 규모인 7헥타르로 150종 1700여 동물이 살고 있다. 좁은 우리의 시멘트 바닥이나 메마른 흙 바닥에 동물들의 발톱 긁히는 소리는 칠판을 손톱으로 긁는 소리처럼 마음을 할퀴었다. 검은 곰은 철창 앞을 빠른 속도로 왕복하며 불안하게 걸었다. 아이는 정신적, 심리적으로 문제가 있을 때 동물이 보이는 행동이라고 우려 섞인 목소리로 말했다.

환경이 더 나은 공간의 동물원이 필요하다는 제안이 아니다. 동물뿐만 아니라 수족관은 아예 폐지되어야 할 수순을 밟아야 한다. 제국주의의 치졸한 산물인 '동물원 폐지'를 주장한다. 세상의 모든 동물원과 수족관은 치료 목적이 아니라면 사라져야 할 대상 1순위라고 말하면 과격한 주장이라고 하겠는가. 이제 그럴 때가 되었다.

　　모든 동물은 자연에서 자연의 순리에 따라 살아야 한다. 베를린 동물원 우리 앞 동물 소개서에는 동물을 지원하는 스폰서 이름이 적혀 있다. 스폰서는 각 동물의 양부모인 셈이다. 소개서 마지막 부분에 천적이 그림으로 그려 있다. 그중 대부분 마지막 먹이 사슬 단계에는 도끼를 든 사람이 표시되어 있다. 그렇다. 인간이 제일 나쁘다.

모스크바 시내를 걷다 '니쿨린Nikulin Moscow' 서커스 장 앞에 멈췄다. 즉석에서 아이에게 러시아 서커스를 보자고 했다. 한때 정월 초 휴일엔 TV로 몬테 카를로 국제 서커스 페스티벌을 보곤 했던 생각에, 러시아 서커스 명성도 있고 마침 표도 있다니 들어가자고 청했다가 단번에 거절당했다. 아이는 포스터를 보더니 동물이 등장해서 들어가지 않겠다고 단호히 말했다. 한 사람이라도 가면 안 된다고. 동물이 얼마나 학대 받는 건지 아냐고······.

어미는 꿀 한 숟가락을 입에 훅 머금은 벙어리가 되었다. 그렇다. 한 사람의 실행이 중요하다. 포기하고 도심 산책을 했다.

다음에 기회가 되면 사람인지 기계 인간인지 착각하게 되는, 사람만 등장하는 기막히는 서커스를 보면 어떨까. 몬테 카를로 국제 서커스 대회에서도 우승했던, 모골을 송연하게 만드는 북한 서커스 말이다. 보고 나면 아이는 '사람 보호'는? 이라고 물을 것이다.

'얼라들' 자라는 곳, 마닐라

사실 필리핀은 모녀 둘이 자유 여행하기에 쉽지 않을 듯해 고려하지 않았던 행선지이다. 근 사십년지기 대학 친구 C가 오래 전부터 마닐라에 살고 있지만 이번 여행을 하면서는 '지인 찬스'를 사용하지 않기로 했고, 우리가 가면 친구의 사업 일정에 방해가 될 것 같아 제외했던 나라였다.

갑자기 취소한 30일간의 일본 횡단 철도 여행 대신 서쪽의 어느 나라로 방향을 틀어야 할지 고민이 되었을 때 친구 C에게 물었다. 동남아시아 어느 나라, 어느 도시를 추천하냐고.

"당연 마닐라지. 어서 와라."

서쪽으로 서쪽으로 이동하려는 우리의 목표를 수행하기에 동쪽에 처져 있는 일본이 걸렸다. 아이는 일본 여행을 하고 싶어했다. 애매하게 돌아가는 노정이지만 2월의 추운 시기보다 꽃 피는 봄에 일본 종주 철도여행을 하기로 하고 한달 JR 패스를 서울에서 예약했다.

설마 두 명이 누울 호텔이 없겠냐 싶어 때가 되어서야 알아본 숙소는 벚꽃 만개 여행 시즌 탓에 후쿠오카 이후로는 숙소를 잡기가 어려웠다. 터무니없이 비싼 호텔에서 한 달을 머물 수가 없기에 우리는 항로를 변경해야 했다.

후쿠오카에서 급히 예약한 호텔명과 비행기 편을 친구 C에게 알려주었다. '거 우리집 옆이네'라고 카톡이 왔다. 농담인 줄 알았는데 실제로 걸어서 30초 내에 도달할 거리였고 창문으로 얼굴을 내밀면 친구네 아파트가 보였다.

비행기 안에서 우리가 몇 해 동안 친구 간이었나 손꼽아봤다. 무려 36년. 기껏해야 스무 몇 해나 되었을까 싶었는데 서른 해도 넘었다는 사실은 충격에 가까웠다. 마닐라에 대한 정보도 찾지 않고 갑작스레 정해진 목적지의 모든 여정을 친구에게 맡긴 채 도착했다. 흔쾌히 "내게 맡겨"라고 말하는 친구가 믿음직스럽고 고마웠다.

마닐라 도심에 위치한 공항에서 호텔까지는 안 막히면 10분 거리이나 막히면 한도 끝도 없이 기다릴 정도로 마닐라 도로는 항상 꽉 막혀 있다. 도로에 서 있으면 인중이 까매질 것만 같은 매연과 열기, 습기의 뒤범벅에 완전히 노출되었다. 그럼에도 매력적이고 잘 몰라도 왠지 친근한 도시이나, 또한 멀게 느껴지는 마닐라.

터미널에서 나와 3번 기둥 앞에서 기다리라고 했던 친구가 좀처럼 오지 않았다. C는 다른 터미널에서 '왜 안 나오노' 하며 눈이 빠지게 기다리고 있었다. 우리 주위를 슬금슬금 맴도는 사람들이 생겼다. 사실 우리가 여행 중 가장 원치 않는 상황에 빠진 것이다. 아무런 사전 준비 없이 덜커덕 공항에 내렸으니 태엽 풀린 인형처럼 그 자리에 그대로 멈췄다. 게다가 완전 무방비 상태였다.

도로에서 교통 관리를 하던 분이 다가오기에 지레 깜짝 놀라 방어태세를 취했다. 상대방이 뻗은 팔이 내게 닿을 정도의 거리 안으로 들어오면 심박 수는 급상승하기 마련이다. 웃으며 다가온 그가 '누구를 기다리려면 조금 옆 위치에서 기다리라'고 친절히 알려주었다. '그래, 세상은 너무 겁먹을 정도로 무섭지만은 않아'라고 가슴을 토닥거리며 위로했다. 아이도 작은 친절에 마음의 빗장을 조금 열었다.

사실 마닐라 시내를 모녀 둘이 활보하며 마음대로 다닐 수 있을지는 미지수였다. 마닐라는 두렵다고 했을 때 C는 "야~야~. 다 얼라 키우고 사는 곳이야"라고 했다. 이 말이 가슴을 울렸다. 그렇지. 세상 모든 곳에서 아이들을 키우고 아이들이 자라니 괜한 두려움과 선입견은 일단 내려놔야겠다.

마닐라는 '징검다리' 여행지로 이곳에 나흘만 머물고 서쪽으로 떠날 것이다. 몸이 재고 부지런하며, 호기심은 꼭 풀고 경험해봐야 한다는 생활철학으로 무장된 친구 C는 이런저런 상의도 없이 고맙게도 나흘 동안 우리가 보고 먹고 체험할 모든 스케줄을 완벽하게 짜두었다.

덕분에 우리는 머리를 쉬고 따라다니며 물어보고 감상하기만 하면 되었지만 우리끼리 탐험하는 마닐라를 경험하지는 못했다. 얼라들 자라나는 곳이니 다음 마닐라 여행은 우리끼리 도전할 수 있지 않을까.

마닐라를 떠나는 날, 공항에 데려다 준 C는 '이제 백 번이나 만날 거 같아?'라고 했다. 갑자기 울컥했다.

"인생 얼마나 남았다고. 그러니까 남은 생 동안 서로에게 잘해야 하는 거야."

C가 덧붙였다. 마닐라에 다시 갈 이유다.

마닐라의 바나나 케첩

수년 전 나의 첫 번째 마닐라 방문에서 친구 C는 맥도날드에 대적하는 필리핀의 인기 프랜차이즈 기업 '졸리비Jollibee'를 소개했다. 일회용 용기에 그려진 꿀벌 졸리비의 귀여운 캐릭터를 보며 커피와 프렌치프라이를 맛보는 즐거움을 알게 되었다.

이번에도 나는 졸리비를 찾았다. 프렌치프라이를 주문하는 것은 감자튀김이 유달리 맛나서라기보다 필리핀에서만 맛볼 수 있는 바나나로 만든 붉은 케첩 때문이다. 바나나로 만든 케첩은 생각처럼 노랗지 않다. 이 졸리비 케첩이 음식의 역사로 우리를 이끌었다.

미국의 상징인 케첩은 미국 기업 하인즈의 대표 상품이라는 것은 이미 상식이다. 역사를 거슬러 올라가면 케첩의 원산지는 미국이 아니라 중국이다. 단어 케첩은 중국 남부 해안 지역 푸젠성 방언으로 '생선 젓갈'이라는 말이다. '케'는 저장된 생선, '첩'은 소스를 뜻한다. 유럽인들이 푸젠성 방언을 알파벳으로 기록하다 보니 ke-tchup, catchup, catsup 등 다양한 표기법이 생기게 되었다.

기원전 2세기에 동쪽, 남쪽으로 영토를 넓히던 한무제가 시큼한 발효 해산물의 맛에 빠졌다는 기록도 있다니 중국을 비롯한 동남아시아의 생선 젓갈은 그 역사가 적어도 2000년 이상은 거슬러 올라갈 것이다.

푸젠성은 13세기 전후부터 해상 무역의 중심지로 멀리 유럽 선원들과 상인들까지 활발히 드나들었다. 생선 소스는 인도네시아로 퍼졌고 17, 18세기 영국인들은 이 신비한 소스를 유럽에 전파하기에 이른다.

영국인들은 고가인 수입 생선 소스를 대체할 케첩을 자국에서 만들려고 ― 어쩌면 '짝퉁' 소스를 만들려고 시도했을 수도 ― 에샬롯과 버섯을 추가했다. 19세기에는 중남미에서 들어온 토마토를 넣어 제조하기에 이른다. 후에 주재료였던 생선이 제조법에서 빠지게 되고 레시피는 변화에 변화를 거쳐 하인즈 케첩에 이른다.

1910년 미국, 하인즈는 드디어 미국인들의 입맛에 맞는 걸쭉한 소스를 만들어낸다. 이로써 다양한 철자로 쓰였던 케첩은 하인즈가 선택한 'Ketchup' 표기를 따르게 되었다고 한다. (참고도서:《음식의 언어》댄 주래프스키 지음, 김병화 옮김, 어크로스, 2015)

필리핀은 더운 나라라서 토마토 재배가 원활하게 이루어지지 않는다. 케첩을 만들어 대중들의 입맛을 만족시키기에 원재료인 토마토는 고가이므로 필리핀은 자국에서 흔히 구할 수 있는 바나나를 넣고 케첩을 만드는 신공을 발휘했다.

1975년 작은 아이스크림 가게에서 출발한 필리핀 최강 프랜차이즈 기업 '졸리비'는 필리핀 전국에 1150여 개 지점을 냈고 졸리비의 전 지점에서 프렌치프라이를 콕 찍어 먹는 모든 케첩은 바나나가 주원료란다.

그런데 신기하게도 바나나 맛은 조금도 나지 않고 붉은 색이다. 선입견만 없다면 늘 맛봤던 토마토 케첩과 크게 다른 점은 찾지 못하겠다.

아무튼 마닐라에 오면 졸리비를 만나고 싶다. 프렌치프라이와 빨간 바나나 케첩, 커피를 사 들고 몽키 바나나 산지로 유명한 '따가이따이Tagaytay' 시로 드라이브를 떠났다.

To 엄마

엄마, 우리는 지금 세계여행을 시작한 지 3개월이 되었어요.
벌써 4분의 1을 지나온 셈이네요.
많이 다투기도 다투지만 같이 새로운 세상을 본다는 게
너무 행복하고 즐거운 순간들이에요.
이 시간들이 모여 피가 되고 살이 되겠죠.
나는 아직도 모르는 게 너무 많은 우물 속 개구리예요.
엄마는 우물에서 바가지로 나를 꺼내어주려 하네요.
앞으로도 여행 별탈없이! 즐겁게! 힘내서 계속 잘 다니길!
우리 둘 다 파이팅 ♡ 내일은 크레타 섬으로 가요!

그리스 아테네에서 ○○이가. 2018 05 11

비행,
낯선 삶 위를

It's yours, 두바이

오후 5시 '맛집 투어' 약속을 위해 지상으로만 달리는 두바이의 '서브웨이'를 탔다. 이방인 자유여행자가 인터넷 검색만으로는 찾아올 수 없는 구시가의 식당들을 현지 가이드를 따라 방문하는 프로그램으로 두바이의 평범한 사람들이 흔히들 가는 식당과 음식을 경험하는 날이다.

우리가 신청한 뚜벅이 '푸드 투어Food Tour'는 초고층 빌딩이 즐비한 두바이의 신도시가 아닌, 대략 1970년대 이후 두바이 건설 초기에 지어진 낮은 건물들이 밀집한 지역의 맛집을 찾아다니는 것이다. 두바이 몰과 같은 초현대식 건축물의 '울트라 모던' 레스토랑과는 확연히 다른 두바이의 속살을 마주할 것 같아 내심 기대가 컸다. 아이는 지역 음식 문화 체험에 관심을 두는 나의 요청에 따라 동행에 응했다.

가이드는 옛 흑백 사진을 보여주었다. 지평선 위는 하늘이고 아래는 모래뿐인 빛 바랜 사진 속에는 작은 텐트 한 채와 사막만이 있었다. 30대의 가이드는 인도계 이민 2세로 이곳에서 태어나고 자란 두바이 시민이다. 가이드의 할머니가 살았던 1970년대 이전에는 사람과 낙타와 텐트 이외에는 아무것도 없었다고 설명했다. 우리가 서 있는 자리가 사진 속 바로 그 자리였다.

가이드는 이 동네 토박이로, 20세기를 고스란히 목격한 할머니와 함께 아직도 살고 있다고 했다. 그녀의 할머니의 증언과 그녀의 어린 시절 경험에 기대어 두바이의 과거와 현재를 보러 나섰다.

이 구역의 두세 층짜리 시멘트 건물들은 빛이 바랬다. 한눈에도 구도시의 첩첩한 행색이 완연했다. 박차를 가해 경쟁적으로, 초현대식으로, 미래적으로 만들어가는 두바이의 신도시와는 전혀 다른 지역이 한편에 존재하고 있음을 새로이 알게 되었다.

19년 전, 나는 후무스를 처음 맛봤다. 병아리콩을 갈고 마늘과 레몬, 참깨 크림을 넣은 후무스는 부드럽고 고소한 맛이 내 입에 딱 맞았다. 당시에 서울에서는 후무스를 맛보기가 쉽지 않았다. 두바이 시내 맛집 투어는 옛기억을 소환하는 '후무스'와 '팔라펠' 시식부터 시작했다. 손님 두엇이 들어가면 입추의 여지가 없는 자그마한 테이크아웃 음식점에 우리 팀 열 명이 꾸역꾸역 들어갔다. 가이드, 뉴질랜드인 3명, 미국인 2명, 튀니지인 1명, 터키인 2명과 우리 둘의 한국인까지 총 11명이다.

  노천 테라스 위 야외 테이블에 자리 잡고 앉았다. 조금 전에 주방에서 요리사가 만들던 후무스와 팔라펠이 접시에 담겨 나왔다. 몇 명은 커다란 렌즈를 장착한 카메라를 메고 있었지만 머뭇거리고 눈치만 볼 뿐 아무도 사진기를 들이대지 않았다. 누군가 '스타트 선'을 끊어줘야 하는 순간이었다.

  용감하게 나서서 한 컷을 찰칵했다. 시작이 중요했다. 다들 내숭을 떨고 있었다. 모두들 이때다 싶게 렌즈를 들이대며 철컥철컥 촬영을 했다. 이것은 일종의 '무장해제'의 신호였고 11명은 허심탄회하게 먹고 떠주고 마시게 되었다. 접시가 나올 때마다 카메라 렌즈를 들이댔다.

푸드 투어 가이드가 물었다.

"후무스는 어느 나라 것인가요?"

그녀는 눈앞에 둔 후무스를 우리에게 두바이의 음식으로 소개하고 설명하려는 참일 것이다. 나는 중동식이라고 답을 할까, 생각했다. 이렇게 지역을 폭넓게 잡는 답을 생각하는 것은 동양인인 내가 후무스의 원조라고 주장하는 나라 출신이 아니기 때문일 것이다. 중동과 지중해의 여러 나라들, 예를 들어 레바논, 팔레스타인, 그리스, 시리아, 요르단, 튀니지, 터키, 이집트 같은 나라들은 자존심을 걸고 후무스가 자국의 전통 음식이라고 목소리를 높일지 모른다.

실제로 그런 논란이 계속되고 있는 것 또한 사실이다. 특히 레바논과 이스라엘 간의 후무스 논쟁은 '후무스 전쟁'이라고 할 정도로 계속 가열되어 왔다. 아마도 후무스의 원조에 대한 시비보다 국가 간 정치적 이견과 골 깊은 감정 대립이 후무스의 원조 논란에 더욱 기름을 끼얹었을 것이다.

마침 우리 중에 앉아 있던 튀니지, 터키 여행자들이 자기네 나라에서도 먹고 있지만 두바이 가이드 앞에서는 두바이가 정답일지 아닐지 망설이는 눈빛을 교환했다. 가이드는 말을 계속 이었다. 소위 후무스의 원조 나라라고 주장하는 나라들을 포함해, 서유럽과 아시아 사이의 이 광대한 지역은 전쟁과 침략의 역사 속에서 이리저리 휩쓸려 지냈으니 서로가 서로에게 영향을 미쳤고 병아리콩은 이 지역에서 널리 생산되었으므로 이제 와서 누가 원조라고 주장하는 것은 무의미하다고 의견을 표했다. 그녀가 이렇게 덧붙였다.

"후무스의 원조가 어느 나라인지 묻는다면, 누군가 후무스가 우리나라 것이라고 주장한다면, 그때 당신은 이렇게 말하세요. 'Yes, it's yours'. 매우 간단합니다. 후무스는 모두의 음식이니까요. 자, 이제 맛나게 먹을까요?"

듣고 나니 이보다 더 현명한 답이 있을까 싶다. 이 한마디를 실천만 한다면 원조 논란을 단번에 불식시킬 수 있을 텐데……. 세상의 분란은 이렇게 너그러이 한발 물러서면 간단히 잠재워지는 것이 아니었을까?

우리는 식당과 식당을 돌아다녔고 주방까지 들어가는 기회를 얻었다. 셰프들이 진짜 참맛은 부엌에서 방금 만든 것을 조금 떼어 먹는 것이라며 손바닥에 얹어주었다. 기막히게 맛났다. 엄마가 지질 때 옆에서 받아먹는 전이 최고이듯, 주방에 서서 먹는 한 조각의 기막힌 맛에 동공이 흔들렸다.

'팔라펠', '후무스' 만드는 법을 지켜봤고 얻어 먹었으며, 치킨 찜 구이 요리, 두바이식 샌드위치를 먹었다. 이동해서는 화덕에서 금세 꺼낸 피자 한 조각을 뜨거운 군고구마 굴리듯 양손으로 번갈아 옮기며 호호 불어 삼켰다. 산양 치즈가 한없이 늘어지는 디저트 만들기를 거들고 맛을 봤다.

어둠이 내리면서 따라다니며 먹기만 하는 것도 퍽이나 힘든 고충임을 깨달았다. 식당 테이블에 앉아 시켜 먹는 1인분의 양보다 한 입, 한 조각씩 얻어먹은 양을 가늠할 수는 없지만 2인분은 넘어갈 듯했다. 이렇게 8시 반까지 먹은 것은 전초전이라고 몇 번이나 언급한 가이드의 말을 나는 그저 농담으로만 치부했다. 두바이의 밤은 먹고 먹으며 깊어갔다.

9시 즈음 헤어지겠지 했으나 진정한 저녁 식사는 지금부터라며 가이드는 전통적인 인테리어로 실내를 꾸민 식당으로 안내했다. 실내에는 사막 텐트처럼 카펫과 장막을 쳐서 분리한 '룸'이 몇 개 있었다. 식당 초입 공간에는 소수로 오는 손님들을 위한 입식 테이블이 있고 현지인들이 식사를 하거나 차를 마시고 있었다.

우리 팀원들은 신발을 벗고 올라가 방의 카펫 위에 앉았다. 그들만의 식사 예법을 배우며 오른손 손가락 3개로 쌀밥을 카레 국물에 찍어 먹었다. 손가락 식사도 내게는 큰 지장을 주지 않았고 맛도 있었으나 한 번 떠먹고는 손을 내려놔야 했다. 나의 위는 더 이상, 쌀 한 톨도 허락할 수 없는 상태였다. 하지만 디저트와 차 그리고 초콜릿의 순서가 남았으니 기대하라는 말에 나는 또 눈을 반짝였다.

불뚝 나온 배를 안고 다시 전통 디저트 집으로 향했고, 연이어 너츠와 초콜릿, 아이스크림을 파는 전문점으로 또 이동했다. 더 이상 조금도 허용하지 못하겠다던 나의 위는 디저트 한 조각, 아이스크림 한 스쿱, 차 두 잔을 너끈히 받아들였다.

우리는 근 6시간 내내 이 식당에서 저 식당으로 옮겨가며 계속 먹었고, 언제 소화시키고 몇 시에 잠을 자야 하나 걱정이 앞서는 시각에 도달했다. 귀갓길의 식당들은 대낮처럼 불을 밝히고 있었다. 밤 11시, 원래 이 시각이 이 거리의 성업 시간이라고 했다. 퇴근하고 이제 저녁 식사를 하는 두바이 사람들의 왁자지껄한 소란스러움이 공중을 메웠다.

호텔로 돌아오며 가이드의 답 'It's yours'를 꺼내 아이와 잠시 이야기를 나누었다. 이 한마디로 한 걸음 아니라 두 걸음이라도 물러설 수 있을 것 같다. 그러면 어떠랴.

아이도 이 여행을 마무리 지을 즈음에는 두 걸음 나아갈 내일을 위해 한 걸음은 너끈히 물러설 수 있는 여유를 찾지 않을까 싶다.

들고나는 모래알, 알아인

사막 옆 도로를 달리다 한 떼의 낙타 무리를 발견했다. 새끼 몇 마리를 포함해 족히 열댓 마리는 될 듯하다. 모래뿐인 사막에 이렇게 풀어 놓으면 낙타가 찾아 먹을 것이 뭐라도 있을까. 우리는 SUV를 타고 '사막 사파리Desert Safari'에 나선 길이다. 계속 좋던 날씨가 오늘따라 찌푸릴 대로 성을 내는 바람에 모래는 낮은 포복 자세로 사방팔방을 향해 제멋대로 무리 지어 굴렀다. 제대로 진행할 수 있을지 근심스러웠다.

태양이 화살촉처럼 찔러대는 뜨거운 날이나 오늘 같이 바람이 어디로 불지 모르는 날, 베두인 족처럼 전신을 가리는 긴

의상을 입고 터번의 한 자락을 내려 얼굴 반을 가리는 것이 이 땅에서는 정답이다. 전통의상으로 전신을 가린 그들은 바람의 타격을 최소로 받는다. 우리는 최대한 심플하게 입었으나 엄밀히 말하면 아이와 나의 의상과 신발은 사막에 올라설 차림은 아니다. 물속의 미역 줄기처럼 나의 머리카락이 날렸다. 모래는 눈과 입 속으로 계속 날아들었다.

우리를 싣고 아부다비에서 173km 떨어진 거리의 도시 '알 아인Al-Ain' 근처 사막으로 달리던 SUV는 거대한 낙타 농장으로 들어섰다. 어미 낙타는 무덤덤했다. 어린 새끼는 주먹만 한 검은 눈동자에 순수한 호기심을 잔뜩 담고 우리의 움직임을 따라 시선을 돌렸다. 묶어놓지 않았다면 세상이 험한지 모르는 아기 낙타가 궁금증을 못 이겨 우리에게 먼저 다가왔을 것이다.

고개를 좌우로 흔들며 투레질을 심하게 할 때를 제외하면, 거대한 체구에도 불구하고 낙타는 코끼리만큼이나 사랑스러운 동물이다.

2001년쯤, 튀니지로 출장을 가서 사하라 사막을 호젓이 거닌 적이 있다. 사하라 사막을 걷다, 라고 하지만 나의 족적은 사막에 모래 한 알 떨어트리고 온 것과 마찬가지로 흔적 없는 흔적이었다. 당시 옆에 함께했던 튀니지 가이드가 그들의 문화와 역사, 사회에 대한 많은 이야기를 들려주었다. 그녀 덕분에 사막, 북아프리카 여행의 참 묘미를 맛보고 새로운 미지의 세계에 눈을 뜨게 되었다. 그녀의 낙타 이야기들은 한 편의 동화였다.

낙타는 넓디넓은 사막에 방목해도 딱 제 주인만을 따라 찾아오는 충성심과, 마음에 준 상처를 언젠가는 앙갚음하기 위해 복수심을 품는 동물이라고 했다. 당시 나는 가장 큰 낙타의 등에 올라타게 되었다. 순간 어린 시절 나의 '아이돌'이었던 〈아라비아의 로렌스〉의 피터 오툴에 빙의돼 황홀한 남보랏빛 모래 지평선을 향해 달렸던 기억이 난다.

고개를 뒤로해 모래 위에 남긴 낙타 발자국을 내려다봤다. 낙타의 발굽은 돼지처럼 양 갈래로 나뉘어 있어 힘찬 발짓 아래 찍힌 무늬는 딱 하트였다. 등치가 커서 무섭기만 하던 낙타를 사랑스런 눈길로 바라보는 계기가 되었다.

아무리 조심스럽게 걸어도 물길을 만난 물처럼 신발 안으로 모래가 흘러 들어왔다. 신발을 벗어서 털고는 더욱 더 신발 끈을 꽉 옥죄어 맸다. 옆에서 지켜보던 튀니지인 운전기사는 왜 옥죄냐고 물었다. 나는 모래가 들어오는 것을 막기 위해 최대한 꼭 당겨 묶는다고 답했다. 그가 아무리 묶어도 모래는 들어올 것이라고 했다. "왜냐하면 너의 신에는 들어오는 곳만 있고 나가는 곳이 없기 때문이야"라고 했다.

세상의 모든 신발이 다 이렇게 생겼지 모래나 물이 들어와 흘러나가는 구멍을 따로 챙긴 신발이 어디에 있나. 아무튼 그 날 낮에는 사막의 모래 위도, 신발 속 모래 위도 걸었다. 취재가 끝나고 가이드는 나를 장터에 데리고 가서 그들이 사막에서 신는 가죽 샌들을 선물로 사주었다.

모래가 들어오는 구멍과 나가는 구멍이 따로 뚫린 것은 아니었다. 사방으로 들어온 모래는 제 편한 대로 팔방으로 나갔다. 모래는 내 발 아래에 머물러 있지 않았다. 삼각형 모양의 앞 코 가죽이 뾰족하게 스키처럼 올라와 모래를 스윽스윽 밀며 걸어갈 수 있었다. 그저 조금 변형된, 단순한 형태의 샌들은 그 땅에서 사는 사람들의 생활의 지혜였다.

16년, 13년 전 두 차례의 사막 화보 촬영 출장 이후 사막으로의 개인 여행은 이번이 처음이다. 사막 위에 홀로 서서 검고 짧은 그림자를 내려다봤던 그때, 한낮의 뜨거운 바람이 불어와 헐렁한 흰 면 웃옷을 가득 부풀게 했던 그때, 바다처럼 누런 파고를 이루는 모래 외에는 사방에 아무것도 보이지 않았던 그때, 인간의 왜소함과 나약함에 한없이 쪼그라들었던 그때의 순간을 아이도 경험했으면 했다. 그러한 이유로 사막을 꼭 함께 왔으면 했다.

비록 튀니지의 그날들과 알아인의 이 날은 절대 같을 수 없지만 사막에 홀로 서는 경험, 사막에 사는 사람들의 시각, 그들의 생활 방식에서 아이는 뭔가를 발견했을까.

알아인에 칠흑 같은 밤이 내렸다. 밤이 내려도 별들은 몇 개뿐, 생각 외로 많이 보이지는 않았다. 별 무리를 보려면 사막 깊숙이 더 들어가거나, 아니면 지금 주변의 모든 불빛을 꺼야 할 것이다. 그럼에도 서울 촌뜨기 아이는 별이 많이 보인다고 놀라워했다. 별은 작고 크게 층층이 겹겹이 하늘 가득 있으며 그렇게 육안으로도 보인다고 덧붙여주었다.

16년 전에 버킷 리스트에 '사하라 별 보기'를 적었던 나는 조심스레 다른 사막에 별 보러 갈까, 라고 물었다. 이제 여행과 타 민족과 타 문화에 대한 두려움의 빗장을 완전히 푼 아이는 그런 별들은 어디에서 볼 수 있느냐고 물었다. 버킷 리스트에 한 가지 더 추가해 본다. '사하라 깊숙이 들어가 아이와 별 보기'.

사하라 사막에서 반짝이는 하늘을 보며 차 한 잔을 마실 수 있을 그 날을 기대해본다. 〈마지막 사랑Un thé au Sahara〉 포스터처럼 사막 사구에 올라앉아 함께 별 보는 날이 오길.

1864, 이스탄불

벌써 여행 3개월 차, 자신감을 더해가는 아이와 여행을 돕는 플랫폼인 트립어드바이저Tripadvisor, 조마토Zomato.com, 구글의 지시를 따르지 않고 식당을 고를 수 있는 감이 자리를 잡아갔다. 우리는 천만 인구의 도시 이스탄불에 도착했다. 4월의 이스탄불에는 순풍이 불었고 이 튤립 도시에는 튤립 축제가 한창이었다. 완연한 봄날이다.

땅이 다져지고 또 단단히 다져진 구대륙의 묵은 도시에는 2세기 전, 혹은 150여 년 전에 생긴 과자 집 정도는 보통 있는, 흔한 일이다. 태양에 달구어진 돌에 구운 갈레트를 먹었던 신석기 시대부터 따지자면 아주 최근에 개업한 과자 집이 되겠고 마카롱과 마들렌이 1533년에 탄생했으니 1864년에 문을 연 이스탄불의 '하피즈 무스타파Hafiz Mustafa 1864'는 구대륙에서는 '막둥이' 하나쯤 탄생한 정도로 치겠다.

구시가에서 인파에 밀리며 걷다가 간판에 쓰인 '1864'라는 숫자를 보자마자 빨려 들어갔다. 과자점이 내건 연도에 화들짝 놀라 문지방을 넘는 것은 난생 처음이다. 이런 집은 꼭 들어가 봐야 한다. 1층 진열대의 달콤, 쫀득하고 말랑말랑한 '로쿰Lokum', 일명 터키쉬 딜라이트Turkish delight는 각양각색의 화려한 모양으로 눈을 현혹시킨다.

수많은 딜라이트 중 어느 것을 고를까 열심히 진열장에 몰입해 처다보는 우리에게 로쿰을 쌓던 할아버지가 진열대 너머로 손을 뻗으며 턱으로 어서 받으라는 표시를 했다. 할아버지의 볼과 이마에는 깊은 주름이 아름답게 접혔다. 로쿰 두 알이 내 손 우물 안에 얹어졌다. 그는 잘 다려진 새하얀 셰프 복에 까만 술이 달랑거리는 전통 모자인 붉은 페즈Fez를 썼다. 냉큼 받은 로쿰을 아이 한 알, 나 한 알 나눠 삼켰다.

로쿰은 오토만 제국의 유산으로 제국의 땅이었던 중동, 북아프리카 지역, 발칸 반도에도 널리 퍼진 디저트로 맛뿐만 아니라 다양한 색상과 섬세한 모양에 홀딱 반해버린다. 입안에서 혀로 굴리고 아래윗니로 지그시 눌러 굴리다 보면 정수리 위로 현란한 색깔의 불꽃이 터진다. 다만 참으로 다디달아서 두 개 이상 먹으면 살이 쑥쑥 오를 것만 같아 먹고 싶은 마음을 꾹 눌러야 한다.

전시 판매하는 1층에서 테이블이 배치된 2층으로 올라가는 좁은 계단에서는 내려오는 사람들을 위해 옆으로 비켜서야 했다. 빈 자리는 없었다. 중간의 기둥을 등지고 섰다. 창가 자리 사람들은 일어나려 하지 않았다. 터키의 어린이날이라 창가에서 내려다보이는 거리는 외출 나온 가족들로 몹시 붐볐다. 아시아와 유럽 대륙 중간의 보스포로스 해협, 선착장, 오리엔트 익스프레스 사르케지 역, 트램 정류장이 단번에 시야에 들어오는 창가 자리에 앉지는 못했다.

오후 4시쯤인데 남자 손님들이 3분의 2 정도는 된다. 옆 테이블의 어른 남자 다섯 명은 메뉴를 보면서 다섯 살배기가 솜사탕 만드는 것을 신기하게 바라보듯 약간 흥분 상태다. 오후의 디저트만 즐기려는 남자 손님을 보기가 쉽지 않은 서울과는 달리, 이곳에서는 남자들끼리 또는 홀로 와서 차 한 잔, 로쿰, 바클라바를 게 눈 감추듯 후딱 먹으며 당분을 섭취했다. 찻상을 물리고 나가는 이들의 얼굴빛은 완전히 행복으로 물들었다. 그렇다. 디저트는 행복이다. 터키쉬 딜라이트는 더욱 그러하다.

호텔 근처에서 1871년에 문을 연 과자점을 또 발견했다. 이스탄불에서는 보통 있는 일인지 원년을 1800년대에 둔 과자점과 식당이 번번히 눈에 띈다. 1~2백 년 전쯤은 아주 오래되었다고 할 수는 없을지도……. 치열한 경쟁 속에서 긴긴 세월 동안 맛을 유지하고 명성을 쌓아가는 일이, 특히 세대에서 다음 세대로 사업체와 제조, 경영 비법을 넘겨주는 일이 어찌 쉬웠겠는가 싶어 문지방을 넘어서면서부터 경외심이 일었다.

열심히 유리 진열장 안에 로쿰과 바클라바를 노련하게 진열하는 할아버지 '점원'들 옆에 푸릇푸릇한 젊은 점원이 붉은 유니폼을 입고 페즈를 쓰고 손님을 맞고 있다. 정말 말 그대로 '새파랗게' 젊다는 수식어를 실감했다.

꼬맹이 때 고려당, 태극당, 종로복떡, 파라케이크 도나쓰, 뉴욕제과, 이들 과자점에서 사온 빵 한 봉투를 부모님으로부터 받아들면 얼마나 행복했던지. 그런데 다 사라지고 태극당만 남았다. 좀더 자라서 시내 버스를 타고 홀로 이동하게 되었을 때 이 추억의 과자 집들 앞에서 얼마나 많은 약속을 했었는지. 그 추억을 계속 곱씹게 오십 년, 백 년을 넘는 과자점이 되기를 바랐었다. 하나둘 사라지던 날 얼마나 가슴이 시려왔는지……

일하면서 만난 40대의 지인들에게 물었던 적이 있다. 어찌이리 사업을 키우고 사업 망을 넓혔냐고.

"지난 십 년 동안 하다 보니 나도 모르게 이렇게 되었어요."

공통된 답이었다. 지난 십 년도 힘들었겠지만 앞으로 10년, 20년이 탄탄대로만은 아닐 것이다. 승부는 하루, 한 달, 일 년에 나지 않음은 물론, 일단 하루를 알차게 살아내는 것도 쉬운것이 아님을 잘 안다.

나는 매 순간 두려움을 안고 여기까지 왔다. 게으름을 피우고 탓을 부리고 핑계를 대며 느슨한 하루, 그런 수많은 하루를보내기도 했다. 긴 인생길 위에 족적을 남기며 한 걸음씩 전진하기란 쉬운 일은 아니나 쌓아가다 보면 신기하게도 걸어온발자국이 보였다. 그것이 앞으로 나가는 원동력이 되었다.

빨리 성취하고 결과를 보고 싶어 답답함을 느낄지 모르겠으나 쌓아가는 재미가 있는 게 또한 인생이다. 그러다 보면 '하피즈 무스타파Hafiz Mustafa 1864'의 할아버지 주름처럼 아름다운 주름이 새겨질까.

동물이 함께 사는 도시

송아지만 한 개가 어슬렁거리고 지나가거나 길바닥 아무 데나 누워 속 편히 자고 있다. 이스탄불의 길거리에서 마주치는 흔한 풍경이다. 개들은 왜 그리도 몸집이 큰지, 늘어지게 잠자는 개의 오수를 방해하지 않도록 우리는 개로부터 사방 3m는 떨어져 돌아갔다. 개들은 송곳니를 드러내지 않는 순둥이들이다. 눈빛이 부드럽고 사람을 두려워하지 않는다.

잠 많은 고양이도 어딘가 그늘을 찾아 잠들어 있거나 골목 어귀, 아파트 문 옆에 놓인 물 그릇을 홀짝대고 있다. 1814년 화재로 소실되고 1856년에 석조 건물로 완공된 돌마바흐체 궁전 어귀에는 오리들이 마실 넙적한 플라스틱 물 그릇이 놓여 있다. 오리들은 관광객이 몰려오든 박장대소를 하든 신경 쓰지 않고 물을 마시거나 무릎을 모으고 졸고 있다.

이 궁전 뒤쪽 정원에는 아름다운 깃털의 한 무리 닭들이 유유히 산책을 한다. 길거리 어디에서나 도시에 사는 동물들의 물과 먹이 그릇이 발견된다. 이스탄불을 벗어나 괴레메Göreme와 아바노스

Avanos에서도 개와 고양이들이 어디서든 쉬고 있었다. 쫓는 사람도 없었고 과격한 소리와 행동으로 위협하는 사람도 없었다.

세르비아의 수도 베오그라드. 시내의 자그마한 일식당에 들어갔다. 주인은 세르비아 사람. 개의 등 높이가 식탁 높이보다 올라온 송아지만 한 흰둥이가 서 있었다. 개의 주인들도 우리보다 조금 앞서 막 들어온 듯했다. 식당 주인은 주문을 받기 전에 개의 몸집을 고려해 커다란 스테인리스 물그릇을 들고 나왔다. 개는 목이 말랐는지 쩝쩝대며 물을 마시고는 식탁 아래에 얌전히 앉았다. 우리는 두 번째 손님이었다. 세 번째 손님은 두 명의 여성이었는데 몰티즈 종의 하얀 개를 데리고 입장했다. 식당 주인은 자그마한 플라스틱 물그릇을 들고 나왔고 이후 손님을 위한 메뉴를 내왔다.

이 자연스러운 행동에 나는 왜 속을 움찔하며 놀랐을까. 아이도 나와 같은 눈빛이었다. 손님이 나간 뒤 직원은 식탁 위의 접시들을 치웠고 개를 위한 물그릇도 가져갔다. 길거리에서처럼 개와 고양이들이 물그릇 한 개를 공용으로 사용하는 곳이 아니었다. 적어도 이 공간은 손님을 위한 식당이니까 격식을 차려 애완견에게도 각자에게 어울리는 깨끗한 물그릇을 따로 제공했다.

그리스 아테네의 대리석 보도를 걷다가 검은 털에 흰 점박이 고양이와 놀고 있는 중년의 아저씨와 마주쳤다. 그는 무척이나 사랑스럽다는 듯이 고양이와 손장난을 치고 있었고 우리는 당신의 고양이냐고 물으며 말을 텄다. 고양이를 무척이나 좋아하는 아이의 품새를 보더니 "너네 나라로 데리고 갈래?"라고 농담을 던졌다. 고양이들을 위한 물그릇이 역시 모퉁이마다 보였다.

밀라노 셈피오네 파크를 걷다가 개들의 놀이터를 발견했다. 몸무게 10kg 이상과 이하, 큰 개와 작은 개를 위해 놀이터는 나뉘어 있었다. 시에서 마련한 공간이다. 개들이 신나게 뛰어논다. 개 놀이터 동기생들인지 으르렁대지 않고 기다렸다는 듯이 만남을 반기는 녀석들도 보인다.

사이공, 호이안, 방콕, 푸켓, 치앙마이에서도 우리는 무수한 고양이와 개들을 만났다. 그들은 느렸다. 나는 세상의 모든 고양이들이 눈치를 보고 몸을 사리며 재빨리 피하는 줄 알았다. 다이내믹한 서울이기 때문에 서울의 고양이들은 다이내믹하게 살아가야 하고, 도시의 위협적 존재인 '사람'에 겁을 먹고 두려워해야 함을 이번 여행에서 깊이 알았다.

　내가 아무런 공격적 행동을 취하지 않았음에도 눈을 한쪽으로 치켜뜨고 한 발은 도망갈 태세를 하는 서울의 길고양이들이 다른 도시에서 만난 고양이들처럼 똑바로 쳐다보고 순수한 눈빛을 보내며 살아가길 바란다. 더운 여름날 목을 축일 깨끗한 물그릇이 다른 세상에서처럼 놓여지길 바란다. 거친 면, 모진 면을 한 꺼풀 두꺼풀 벗어내고 더불어 느긋하게 살아가길 바란다.

깨달음, 크레타

우리는 시골의 좁은 산길을 홀로 달렸다. 크레타의 황토색 흙은 거칠고 메말라 보였다. 우주의 어떤 혹성에 잘못 들어온 건 아닌가 의심이 들 때마다 지구임을 확인시켜 주려는 듯 사람이 타고 가는 낡은 차 한 대가 지나가곤 했다. 구글 맵을 보고 있던 아이가 5분 후면 니코스 카잔차키스 뮤지엄에 도착한다고 했다. 아이는 길을 인도하는 프로 조수가 되었다.

눈으로는 아직 전혀 나타날 기미를 감지할 수 없다. 곧이어 군락을 이룬 연한 아이보리 색 담들이 가파른 골목 안쪽에서 삐죽 보이기 시작했다. 자칫 잘못하면 뒤로 밀릴 수 있는 언덕의 굵은 알갱이 흙길 위에서 기어를 2단으로 놓고 액셀레이터를 지그시 밟았다. 시골 골목길은 차 한 대 겨우 지나갈 듯한 폭이다. 한낮의 태양 아래 주민은 한 명도 보이지 않았다. 곧 니코스 카잔차키스 뮤지엄이 보였고, 드디어 조는 듯 마는 듯 조각처럼 의자에 앉아 있는 할아버지 둘을 발견했다.

뮤지엄의 주차장이 어디냐고 물었는데 이 말을 알아들었는지 말았는지 카페 테라스에 앉아 있던 할아버지 두 분이 '거어기, 거기, 이렇게 차 세워'란 의미로 느린 손짓을 보냈다.

그 의미는 이 골목, 바로 그 자리에 차를 대도 되며 좀더 인도 쪽으로 차를 붙일 것이며 그만하면 되었고 뮤지엄은 저쪽 옆이니 그리로 가라는 표시였다. 언어는 끼어들지 않았다. 손가락과 손등과 손바닥의 움직임으로 이 모든 의사를 전달했고 우리는 그대로 따랐으며 할아버지는 만족한 듯 늠름하게 돌아가 카페의 의자에 좀 전의 조각상처럼 다시 앉았다.

어느 날 나는 조그만 마을로 갔습니다. 갔더니 아흔을 넘긴 듯한 할아버지 한 분이 바삐 아몬드 나무를 심고 있더군요. 그래서 내가 물었지요. 〈아니, 할아버지 아몬드 나무를 심고 계시잖아요?〉 그랬더니 허리가 꼬부라진 이 할아버지가 고개를 돌리며, 〈오냐, 나는 죽지 않을 것 같은 기

분이란다〉. 내가 대꾸했죠. 〈저는 제가 금방이라도 죽을 것
처럼 살고 있군요.〉 자, 누가 맞을까요, 두목?

_ P 53.《그리스인 조르바》

(니코스 카잔차키스 지음, 이나경 옮김, 열린책들, 2000)

《그리스인 조르바》의 한 대목처럼 이 할아버지는 방금 아몬
드 나무 한 그루를 심고 왔을 것만 같았다.

카페의 바로 옆집이 뮤지엄이었다. 마음의 준비도 안 했는
데 코앞에 2층 건물 뮤지엄이 있었다. 자그마한 뮤지엄은 대
도시 시민들에게 대형 미술관이 부여하는 자긍심 이상을 이
마을 주민들에게 심어주고 있었다.

선생님을 따라 단체로 방문한 초등학생들의 책가방 한 무
더기가 입구 옆 소파 위에 뭉쳐 있었다. 위층에서 선생님이 한
구절 읊으면 아이들이 복창하는 소리가 울렸다. 참으로 귀엽
고 아름다운 운율이 홀씨처럼 날렸다.

리셉셔니스트는 어디에서 왔느냐, 작가의 책은 읽었느냐
물으며 한국인들은 적어도 1주일에 1회 박물관을 방문한다
고 했다. 멀리멀리 지구 어디를 가든 한국인들은 이미 왔었다.
이날은 어린 관객들을 제외하면 우리 둘뿐이었다.

뮤지엄은 니코스 카잔차키스가 아직 살고 있는 집처럼, 아기자기하고 재미나게 꾸며졌다. 여기서, 저기서 파이프를 물고 척 나타나 그가 겪은 지난 세월을 이야기할 것만 같았다. 그의 목소리를 흉내 내어 녹음한 오디오 가이드의 영향일까.

니코스 카잔차키스가 평생 사용했던 장갑, 나비 넥타이, 시계, 찻잔, 담뱃대 등 생활 물품들, 사진과 엽서들, 전세계의 번역본, 육필 원고, 연극 관련 자료 들이 전시되고 있었다. 우리말로 된 번역서도 몇 권 꽂혀 있다. 전시장 벽과 유리 진열장, 아크릴 패널 등을 활용해 니코스 카잔차키스를 온전히 이해할 수 있도록 전시가 이어졌다.

리셉셔니스트는 한국어 자막이 깔린 영상물이 있다며 우리 두 관객을 위해 작가 관련 짧은 다큐를 틀어주었다. 아이와 나의 네 팔은 스크린을 향해 동시에 카메라를 올렸다 내리기를 반복하며 사진을 찍어댔다. 영상의 같은 부분을 포착했다. 엄마와 딸이란 그런 걸까.

옆에서 몰입하며 전시실을 돌던 딸 아이가 도무지 갈 생각을 하지 않는다. 다음 행선지인 헤라클리온 시의 고고학 박물관까지는 산길을 내려가 곧은 길로 16km나 가야 한다. 하루 동선 중 외떨어져 있다며 뮤지엄을 일정에서 빼면 안 되냐고 하더니만……. 나는 카잔차키스에게 매료된 거냐고 물었다.

아이는 니코스 카잔차키스 책을 읽고 왔으면 훨씬 더 재미있게 이해하며 볼 수 있을 것 같다고 후회의 빛을 내비쳤다. 아이는 "깨달음은 항상 늦게 오고 직접 깨달아야 하는 법입니다"라는 말로 카잔차키스 박물관 방문 소감을 표했다.

빠르든 늦든 어른이든 아이든 깨닫는 때는 다가온다. 성급히 채근할 필요가 없다. 아이는 박물관을 나설 때, 읽어야 될 것, 찾아봐야 할 것 등 숙제를 가득 받아든 학생처럼 되었다. 30년 일찍 왔으면 나는 어땠을까.

나는 아무것도 바라지 않는다. 나는 아무것도 두려워하지 않는다. 나는 자유다.

Δεν ελπίζω τίποτα. Δε φοβούμαι τίποτα. Είμαι λέφτερος.

I hope nothing, I fear nothing, I am free.

_ 니코스 카잔차키스Nikos Kazantzakis

(생전에 그가 남기고 간 묘비문)

To 엄마

여기는 아름다운 섬 크레타.

엄마. 오늘은 우리 니코스 카잔차키스 뮤지엄에 다녀왔어요.

나는 그의 책은 단 한 권도(《그리스인 조르바》조차)

읽어보지 않았어요.

뮤지엄에 도착한 후 약간의 부끄러움이 들었어요.

마지막에 그의 일생에 관한 짧은 영상을 보고

굉장한 충격을 받았습니다.

책을 꼭 읽어보고 싶습니다.

오늘의 여행에서도 많은 걸 보고 느끼고 배웠습니다.

세상은 참으로 넓고 나의 무지함도 상당히 길군요……

매일 환희와 절망이 교차합니다.

엄마는 옆에 앉아 글을 쓰고 있습니다.

그리스 크레타 섬에서 ㅇㅇ이가. 2018 05 14

지상낙원은 지금, 밀라노

밀라노 대성당 '두오모Duomo di Milano'에 올랐다. 30년 전에 왔을 때는 오르는 데 큰 관심이 없어 아래에서 위를 쳐다보기만 했다. 뭐 굳이 정복하려는 듯 꼭대기를 밟고 서야만 하냐는 개똥철학 때문이었다. 흰 구름 한 점 없이 새파란 하늘에 엄청나게 큰 하얀 레이스를 펼친 듯 눈앞에 새하얗게 나타난 이 거대하며 섬세한 건축물이 젊은 날의 나를 질리도록 압도했었다. 천상의 일부를 보았다고 해도 과언이 아니었다. 더 많은 것을 더 보려고 하지 않아도 그 자체로 만족했다.

아이에게 이번 여행길은 미래를 향한 디딤돌이 될 것이고 꿈을 기르는 우물이 될 것이다. 나에게는 반백 년의 삶을 돌아보고 침잠하며 갈무리하는 여로가 될 것이다. 아이는 두오모 지붕으로 올라가겠다는 의사를 표시했고 나는 젊은 날 상상했던 천상의 일부가 구체적으로 어떻게 생겼는지 가까이에서 보고 싶은 욕망이 일었다. 욕망은 내려놓는다고 마음 먹었음에도, 시도 때도 없이 내려갔다 올라갔다 제 마음대로 들쭉날쭉했다.

두오모 꼭대기에 오르면 알프스가 보인다고 했다. 우리가 갔던 날은 흐려서 알프스를 넘보는 기대를 할 수 없었다. 내가 살아 있는 동안 두오모에서 알프스를 볼 기회가 한 번은 오게 될까.

조선 개국을 6년 앞둔 고려 말, 1386년부터 밀라노의 대성당은 건축되기 시작했다. 두오모 짓기는 6세기 동안 계속 되었고 1965년 1월 6일, 마지막 문을 들이는 날 축성식을 올렸다.

1805년 5월 20일, 이탈리아 북부에 이탈리아 왕국을 세우고 밀라노를 수도로 정한 나폴레옹 보나파르트Napoléon Bonaparte는 밀라노 두오모의 정면을 속히 건조하도록 명령했다. 모든 비용은 프랑스가 부담한다고 장담했는데 이 비용은 결코 지급되지 않았다. 파사드 공사는 그 어느 때보다 박차를 가해 진행되어 7년(1807~1813년) 만에 완성이 되었고 이때 대부분의 스테인드글라스와 지붕의 첨탑, 장식성 조각품들을 완성했다. 감사의 표시로 나폴레옹의 조각상이 꼭대기 첨탑 중 하나에 세워졌고 두오모에서 나폴레옹은 이탈리아 왕국의 왕관을 머리에 썼다.

한때 나폴레옹의 입김이 닿은 파사드를 응시했다. 두오모의 건축 기간이 길다 보니 성당을 세워가면서 한편으로는 깨지고 부서져 가는 스테인드글라스나 조각들을 교체하고 동시에 수리를 해나갔는데, 우리 역시 검정 때도 벗겨내고 세월에 마모된 조각 상들을 교체하는 등 대대적인 보수 작업이 진행 중인 현장을 목격했다.

엘리베이터를 타고 올라가 좁은 통로를 따라가면 그로테스크하게 생긴 석루조Gargoyle들뿐만 아니라 건물 외관 장식을 이루는 첨탑 모양의 데코레이션과 고딕식 지지보, 빗물 통로, 환기구 등을 아주 가까이에서 살펴볼 수 있다. 나는 돋보기로 들여다보듯 거대한 건축물의 세부, 관광객의 눈에 그다지 관심을 끌지 못하는 부분을 가까이에서 들여다보는 데 흥미를 갖는다.

아래층 어딘가로 연결될 작은 환기구에 관심이 쏠렸다. 빨리 오라는 아이의 핀잔에 서둘렀지만 어떻게 총 높이 108m,

돔의 높이 65.6m의 거대 건축물에 바닥에서부터 올라오는 공기가 빠져나갈 환기구까지 만들어 놓을 생각을 하고 실현했는지 그것이 궁금했다.

두오모의 석루조가 빗물을 떨어트리면서 성당 대리석 외벽을 손상시키지 않는 각도까지 고려하고, 700년이 넘는 세월을 버티고 서게 한 완벽한 기획과 철저한 계산을 해낸 건축 천재들의 뇌 구조에 호기심이 일었다.

아이의 채근에 뒤를 따라붙으며 마지막 좁은 계단을 올라가 밀라노 두오모의 지붕 위에 섰다. 온통 하얀 대리석 바닥이 거대한 흰 절편처럼 켜켜이 깔려 빛을 반사했다. 눈밭에서처럼 선글라스를 꼭 써야 할 듯 눈이 부셨다. 한 사람 정도 서서 걸어갈 수 있는 지붕의 중심 축 위를 걸었다.

아래에서 봤을 때와는 달리 첨탑 모양의 뾰족한 장식들, 천사 조각 상들은 눈높이 가까이에서 나를 에워쌌다. 여기저기 앉아 있는 사람들은 금세 내려갈 생각을 하지 않았다. 건축 설계 당시에는 이 지붕 위에 이 많은 사람들이 와서 앉으리라는 생각을 못했을 텐데, 600년이 더 지난 뒤에도 모두의 무게를 지탱하고 있는 이 건축물이 대견했다. 대리석 바닥은 회색 구름을 지나 내려오는 보이지 않는 햇살에 덥혀 따뜻했다. 뜨끈

한 온돌 방에 앉는 듯 흰 대리석판 위에 잠시 앉았다.

천사들의 세계는 흑백이고 인간세상은 컬러였던 빔 벤더스 Wim Wenders의 〈베를린 천사의 시Wings of Desire〉 속에 들어온 듯한 착각이 일었다. '천상'으로 오르려는 욕망의 날개와 '천하'로 내려오려는 욕망의 날개가 뇌리에서 교차했다.

천하를 굽어 내려보는 베를린 천사처럼 아래로 시선을 보냈다. 영화 장면들이 아슬아슬 서 있는 조각상 끝에 걸려 아른 거린다. 천사로 순수하게 영원히 사는 것을 거부할 만큼 이 땅의 한 줄기 바람을 느끼는 지금이 그 어디에 비할 수 없이 소중하다는 다니엘의 판단에 동의했다.

"내 무게를 느끼고 현재를 느끼고 싶어. 불어오는 바람을 느끼며 '지금'이라는 말을 하고 싶어. …… 아! 오! 라고 외치고 싶어. '네', '아멘' 대신……."

다니엘이 말했다. 아침 공기, 커피 냄새, 아이의 향기, 그런 데서 오는 행복은 무한한 생을 대신할 가치가 있다. 지금, 여기에서 열심히 살아야 할 이유이다. 지상낙원은 다음 생의 천상에 있지 않다.

언택트 미래 예고편,
니 스 – 레 보 드 프로방스

세상에 내가 태어났을 때 우리 집에는 전화기가 없었다. 그래서 나는 매우 '컨택트'한 환경에서 자랐다. 친구를 만나려면 '친구야' 소리쳐 부르고 대문을 밀고 들어갔다. 그러다 다이얼은 없고 전화기 옆에 붙은 손잡이를 돌리면 수화기 안에서 교환원이 나와 통화를 연결해주는 전화기를 집에 들여놓게 되었다.

이후 둥근 다이얼 판을 돌리고 버튼을 누르는 전화기를 사용했다. 나는 전화가 소통만 하면 되었지 뭔 급한 일이 그리 많기에 손으로 들고 걸으며까지 통화해야 하나 싶어 초기 핸드폰을 인정하지 않았다. 직장에 들어간 첫 날, 첫 핸드폰을 구입했다. 나의 첫 핸드폰도 버튼식이었다. 긴 문자는 끝까지 받아 읽지도 못해 쩔쩔맸다.

대학시절에 나는 타자기 자판을 쳐대는 아르바이트로 돈벌이를 시작했다. 타자기도 귀한 시절이라 사용 후 퇴근할 때는 케이스에 담아 철제 캐비닛에 넣었다. 전동 타자기에 이어 워드프로세서가 나왔을 때 기술의 발전에 감개무량했다. 286 컴퓨터를 장만한 얼리어댑터 선배 집으로 컴퓨터를 구경하러 간 날, 그 속도에 놀라고 신문물에 감격했다. 나는 컴퓨터가 나오리라고는 꿈에도 생각하지 못했던 시대의 사람이다.

대학을 졸업하고도 한참 후, 새로이 등장하는 기계에 적응하느라 애썼고 최근에는 따라가기 급급하여 뱁새 꼴이 되었다. 여기서 얼마만큼 더 발전할까. 어린 시절에 그렸던 하늘을 나는 자가용 비행기는 몇 년 안에 현실이 될 것이다. 내가 사용한 물건들은 어느새 빈티지가 되었고 앤티크가 되어 가는 길목에 서 있다. 나는 디자인 박물관에 진열된 타자기를 사용했고 아직도 소장하는 옛사람이다.

'니스-레 보 드 프로방스Nice – Les Baux de Provence' 간 고속도로 A8. 커피가 무척 마시고 싶었다. 고속도로를 달리다 휴게소로 들어가면 풍기는 커피 향이 몹시 그리웠다. 피로, 갈증, 시장기, 마음을 풀어주는 휴게소의 향, 맛과 멋 말이다. 달콤쌉싸름함으로 재충전하고 다시 자동차에 올라 탈 때의 그 상쾌한 기분은 충분히 즐길 만한 것이다. 나는 향수를 일깨우며 아이를 대동하고 휴게소로 의기양양하게 들어갔다. 아이에게 유럽 고속도로 커피의 '바로 그 맛'을, 사는 법 한 결을 보여주고도 싶었다.

내 향수 속 휴게소는 진한 커피 향, 커피를 내리는 기계음들, 이를 압도하는 사람들 소리, 주문 받고 커피를 내주며 떠는 수다, 에스프레소와 함께 찍어 먹는 각설탕의 맛, 찬란한 데니쉬와 초코 케이크, 크루아상과 속을 '아름답게' 채운 바게트 샌드위치의 유혹, 배를 채우고 난 뒤 빼곡히 진열된 잡지와 책들, 장난감, 지역 산물과 기념품으로 하는 눈요기, 어린 여행자들의 흥분된 목소리, 이 모든 소리와 후끈한 내음을 뒤로하고 나와 쐬는 바깥 신선한 공기……, 지극히 평범한 일상의 즐거움 한편이 소설의 한 챕터가 되어 그곳에 있었다.

그것은 사람 향기였고 직간접적으로 접하는 따스한 인간적인 기운이었다. 대단히 특별하다고 할 수는 없지만 이 분위기는 고속도로에서 힘겨워하는 나를 어루만지고 다독거려주는 것이었다.

나의 향수와 상상은 눈앞에 펼쳐진 광경 앞에서 '뭐래?' 하고 우뚝 서 버렸다. 24년 만에 프랑스 고속도로로 진입한 나는 이 충격적인 변화에 놀라 자빠질 뻔했다. 휴게소에 피자헛과 스타벅스의 대형 간판이라니, 작은 휴게소에는 이 두 업소뿐이었다. 나는 결국 커피를 마시지 않았다. 아니 못 마셨다.

국도로 들어서자마자 초록, 노랑 로고의 맥도날드 위치 표지판이 친절하게 안내하며 서 있다. 그것도 한 동네에 두 개나! 프랑스 땅에 맥도날드는 들어오지 못한다며 데모하고 몰아냈던 시절은 전설이 되었나 보다. 맥도날드, 버거킹, KFC, 피자헛이 프랑스 지방 구석구석까지 침투했을 줄은 꿈에도 상상하지 못했다.

고속도로로 다시 진입했다. 다음 큰 휴게소에는 반드시 카페가 있으리라, 내가 그리던 생기가 도는 카페 말이다. 열심히 차를 몰았다. 엄마의 오전, 한 잔의 행복을 앗아갈까 싶은지 아이는 커피를 못 마신 나를 오히려 위로하고 걱정했다.

드디어 대형 주유소를 끼고 있는 큼직한 휴게소에 내렸다. 나의 마음이 다시 들뜨기 시작했다. 30년 전에도 프랑스 내에서 주유는 어디나 셀프로 했던 터라 셀프 주유는 새삼스럽지 않았다. 기름을 채우고 휴게소 안으로 들어가자 나는 잘 찾아 들어왔나 눈을 의심했다.

카페, 서점, 식당, 카페테리아 들이 한데 어우러져 있던 공간이 광활한 하나의 원룸이 되었고 그 거대한 공간에 점원은 딱 두 명뿐이었다. 슈퍼마켓처럼 각자 원하는 물건을 들고 계산대에서 계산을 하면 끝이었다. 수평 형태의 냉장고에서 꺼내와야 하는 샌드위치는 먹을 맛이 떨어질 정도로 차가웠다.

커피를 마시고 싶은 자는 스스로 뽑아라. 최신식 대형 냉장고처럼 차갑게 생긴 커피 벤딩 머신이 한쪽 벽을 따라 일렬로 늘어서 있었다. 머신은 터치식이었다. 이 지역의 누군가와, 사람과 대화를 하고 웃음을 교환할 여지는 원천 봉쇄되었다.

나는 진한 밤색의 머신에 작은 은색 글씨로 쓰인 글자들이 하나도 보이지 않았다. 글자들을 보고 선택하려면 고양이처럼 등을 구부리고 안경을 벗어야 했다. 기계에서 15cm 거리에 눈을 갖다대야 미래적인 '울트라 모던'한 디자인을 하느라 깨알 같은 글씨로 적힌 커피 메뉴를 볼 수 있었다.

그 꼴을 내가 상상해도 우스꽝스러워 커피 맛이 이미 뚝 떨어졌지만 다음 휴게소 또한 크게 다르지 않을 것이므로 일회용 컵에 받아 먹는 커피를 마시기로 했다. 척척 터치하는 것은 아이가 했지만 프랑스어로 커피 메뉴가 적혀 있어서 허리를 굽히고 최대한 초점 거리를 맞추고 커피 이름을 읽어주어야 했다. 눈이 피로했다.

배가 고팠다. 냉기가 감도는 냉장고에 손을 넣어 샌드위치 두 개를 꺼냈다. 자동차 워셔액 사듯이 먹거리를 사들고 바깥으로 나가 햇살을 받으며 요기하기로 했다. 사람들은 안전하다고 느끼는 일정 거리를 두고 요기를 하고 있었다. 곧 닥쳐올 언택트 시대의 미래 예고편을 경험했다. 앞섶에 떨어진 샌드위치 빵 부스러기를 먹으려고 한편에 대기하고 있는 참새들만이 오래 전과 같은 모습이었다.

우리는 위를 채우고 샌드위치 포장지와 커피 컵을 쓰레기통에 구겨 넣는 것으로 점심 의식을 마쳤다. 기분 좋게 잘 먹었다기보다 기름 채우듯 위를 채웠을 뿐이었다. 주유소로 진입하고 식사를 마칠 때까지 인간 계산원은 한 명만 거쳤다. 미래가 어떤 식으로 다가와 위협할지 선행 학습한 기분이었다.

와인 페스티벌 2018, 보르도

순전히 우연이었다. 우연은 행운이었다. 2년에 한 번씩 열리는 '보르도 와인 페스티벌 2018 Bordeaux Fête le Vin 2018'이 마침 보르도에 머무는 며칠 사이에 진행되었다. 게다가 올해가 페스티벌의 20주년이라 야심차게, 알차게 특별 프로그램을 준비했다 하니 다른 해보다 뭔가 더 특별한 기회를 잡은 것 같아 괜히 뿌듯했다.

20대에 와인을 공부해 보려고 관련 학교 자료를 찾았던 적이 있다. 와인 학교는 주로 보르도에 있고 정식으로 수업을 들으려면 물리, 화학, 지질학 등 이과 학과목을 이수해야 했다.

문과생인 나는 불가능하겠구나 싶어 지레 겁을 집어먹고 단번에 포기했다. 그 이후에는 보르도와는 큰 인연이 없었다. 단하루 출장을 갔었으나 호텔과 회의장만 보고 돌아왔다. 프랑스 1백여 개 정도의 도시와 마을을 여행하며 거쳤는데 보르도를 여행했다고 말할 정도는 아니다.

보르도에 간다면 차를 몰고 메독Médoc, 그라브Graves, 생떼밀리옹Saint-Emilion, 베르주락Bergerac, 꺄오르Cahors 등 이름난 와이너리를 방문하고 이랑을 걷고 포도나무 맨 앞줄에 장미가 심겨 있나 눈으로 확인하고 시음하리라는, 상상의 나래를 맘껏 펼쳤다. 그러나 5박 6일로는 엄두도 못 낼 일이었다. 와이너리 투어를 위해 보르도에 온 것도 아니었다.

그렇다면 보르도를 어디서부터 어떻게 볼까 하고 자료를 뒤적이던 차에 와인 페스티벌이 열린다는 문구를 발견했다. 우리가 여기저기 찾아 다니지 않아도 보르도와 주변 누벨 아키텐느Nouvelle-Aqitaine 지방 소재 80여 와이너리가 참여하고, 2km에 달하는 가론느Garonne 강둑이 와인 시음 장으로 변모하는 페스티벌이 열리는 것이다.

우리 앞에 11개의 지역별 와인 시음 부스가 늘어서고 각종 와인들이 줄을 서는 대잔치. 게다가 바다로 이어지는 가론느 강으로 올라와 정박한 10여 척의 대형 범선에서는 다양한 연계 프로그램이 준비되어 있었다. 돛을 올리고 알록달록한 작은 깃발을 휘날리는 범선들 곁, 와인으로 흥에 겨운 사람들 속에 우리 둘이 있었다. 이 풍경을 머릿속에서 그려보자니 작가 앙리 루소의 '풍경과 나 자신의 초상화'(1890)의 한 장면이 되었다.

이 페스티벌에 들어가기 위한 티켓 매표소는 보이지 않았다. 아이는 도대체 제대로 알고 인도하는 거냐고 볼멘 소리를 했다. 헤매다 포기할 즈음에 공원의 커다란 나무 열에 가려진 채 세워진 가건물의 임시 매표소가 눈에 띄었다.

온라인으로 미리 예매했으면 어쩌면 저렴했을 수도 있겠으나 미처 준비되지 않은 우리는 오늘 하루만 입장하는 1일 패스Pass를 현장에서 구매했다. 자원봉사 안내원과 매표소 직원들은 모두 흔쾌히 영어로 말을 건넸다. 1일 패스와 함께 시음 와인 잔과 와인 잔을 넣고 목에 걸고 다닐 빨간 주머니를 받았다. 이 잔으로 우리는 11개 부스에 들러 와인 11잔을 맛볼 수 있었다.

하루 1잔 반주, 최대 2잔이 나의 주량인데 비록 조금 작은 사이즈의 잔이라고 하더라도 11잔이나 마실 수 있을까. 안 마시자니 뭔가 아쉽고 아깝다는 생각과 이런 기회를 놓칠 수 없다는 욕심 사이에 갈등이 일었다. 11잔을 마시다가는 나무 아래 쓰러져 코를 골게 되지 않을까. 내 자신과의 협상에서 11잔은 맛을 보되 양은 적게 달라고 하기로 했다. 아이는 아이 주량에 따라 스스로 조절하며 청할 것이므로 굳이 어느 정도의 양을 마시겠느냐고 묻지 않았다.

첫 잔은 우리에게 주어진 상황과 조건에 견줄 상쾌함, 경쾌함, 유쾌함을 한꺼번에 안겨주었다. 둘이 '건배'를 했고 시음용 작은 와인 잔이 부딪치는 둔탁한 소리가 울렸다. 몇 부스 지나자 옆 사람들은 조금 더 부어달라고 하는데 우리는 조금 덜 달라고 하게 되었다. 11잔 정도 마셔도 끄떡없겠다고 생각한 프랑스인들도, 역시 지나친 음주에 장사는 없는 듯 잔디밭에 벌렁 누워 깊이 잠이 들었다. 그나마 위로를 삼았다.

와인 부스 옆에 에피타이저부터 디저트에 이르기까지 지역 특산 음식을 판매하는 부스가 다문다문 끼어 있어 와인 한 모금 마시고 옆 부스로 가서 안주 거리를 사 먹으며 2km를 걸어가고 그만큼을 되돌아왔다.

앙트르 되 메르Entre-Deux-Mers 지역 부스에서 화이트 와인을 선택하고는 바로 앞 부스, '사랑과 열정으로 키웠다'는 홍보 문구가 눈에 띄는 아르카숑Arcachon산 굴 한 접시를 주문했다.

생굴을 선호하지 않는데 둘이 눈을 반짝이며 마주친 것으로 합의가 되었다. 주문한 굴과 와인을 홀짝거렸다. 9잔째 마시고 난 뒤에는 땅에서 10cm쯤 떠올라 걷는 느낌이었다.

우리는 와인에 대한 이야기를 했고 꼬리를 물어 화제는 '1492 콜럼부스'의 범선, 보르도에서 영국까지 가는 와인 수출선, 오크 통과 코냑까지로 확장되었다. 아이에게 보르도 와인을 내게 따라줄 때는, 절대 병을 수직으로 들어 마지막 몇 방울까지 쏟아붓지는 말아달라는 부탁도 했다.

시음 부스 옆에는 잔을 엎고 슬며시 누르면 물이 솟아올라 헹궈주는 기계가 설치되어 있었다. 여기서 잔을 헹구고 다음 부스에 가서 잔을 내밀었고 새 와인을 받았다.

왕복 4km를 걸으니 나의 얄팍한 와인 상식이 바닥을 드러냈다. 체온계의 수은이 37.5도를 이미 넘어 38.5도로 넘어가고 와인의 알코올 기운이 볼을 더욱 달구기 시작했을 때, 프랑스 남서부 와이너리를 단 몇 시간 만에 관통한 우리는 출구를 찾았다.

작가 피에르 로티 집, 브르테누

대서양으로부터 바닷바람이 이는 탓인지, 6월 초의 날씨가 원래 그런 것인지 보르도에 머무는 동안 날은 궂었고 거센 바람은 급기야 우산살을 부러뜨렸다. 비가 흩뿌렸고 도대체 종잡을 수 없는 날씨가 이어졌다. 바람막이를 입어야 했고 느긋하게 거리를 걸을 수가 없었다. 비바람 사이사이 아주 잠깐 내민 푸른 하늘을 더욱 감사히 맞았다.

우리는 숙소 창 앞에 매일 오는 고양이와 사귀었다. 닷새 후, 익숙한 듯 안으로 들어오려는 귀여운 냐옹이와 마주하는 기쁨을 접고 '안녕'이라고 말했다. 보르도 공항으로 가서 렌

터카를 빌리고 다음 마을 브르테누Bretenoux로 향했다. 보르도에서 파리까지 가는 동안 우리는 이 차로 달릴 것이다.

에어비앤비의 주인 스테파노가 친절히 알려준 대로 브루테누의 중심인 마을 공동 주차장, 흙 마당에 차를 댔다. 마을은 프랑스 어느 마을의 유월처럼 꽃 단장이 되어 있고 소박하니 동화 속 마을처럼 예뻤다. 일주일에 두세 번 장이 선다는 주차장은 텅 비었는데 딱 한 사람이 서성이고 있어서 집주인임을 직감했다.

　스테파노는 진정한 디지털 노마드인으로 이 한적한 마을에서 잠시 지내고 해외 여행을 다니며 웹을 통해 일을 하는 젊은이였다. 이 시골 마을에 등장한 동양인이 신기하다는 눈빛을 보냈다. 왜, 어떻게 이 구석 마을을 찾아왔냐고 물었을 때 로카마두르Rocamadour와 사를라Sarlat로 가고 싶어 지도상에서 근처에 위치한 마을인 브루테누를 발견했다고 답했다. 이 지역에 와서 아이에게 미식으로 이름난 페리고르Périgord 지방의 오리 고기와 푸아 그라Foie gras 등의 음식을 맛보게 해주고 싶었음은 말하지 않았다.

　이 집은 다음 방문할 마을에 비교적 가까운 지역으로 검색 기준 필터에 적은 조건에 합당하다고 추천이 뜬 집들 중 하나였다. 사이트에서 집의 긴 히스토리를 자세히 읽지 않았었다. 주차장이 훤히 내려다보이는 집으로 안내하는 스테파노의 뒤를 따랐다. 모르긴 해도 19세기 것으로 보이는 묵직한 놋 열쇠로 무게감 있는 나무 문을 열고 들어갔다.

전자식 번호 키는 오래된 유럽식 나무 문에는 절대 어울리지 않을 뿐만 아니라 오히려 실리를 따지려다 미감을 망가트리는 효과를 낼 것이다. 우리네 같으면 편리를 이유로 아름답지 않아도 디지털 패드로 바꿨을 텐데⋯⋯. 놋쇠 꾸러미를 내 손에 옮겨주었을 때, 오랜 세월을 타 매끄러워진 쇠들이 주는 촉감이 징겨웠다.

그가 열쇠로 문을 여는 동안 벽면을 살폈다. 문 옆에 피에르 로티Pierre Roti(1850~1923)가 살던 집이라는 현판이 붙어 있다. 피에르 로티? 기억이 가물거렸다. 지인 누군가의 입에서 피에르 로티라는 이름을 들었었는데⋯⋯, 세상에!

19세기 작가가 어린 시절 여름 방학이면 와서 머물던 집에서 우리는 5박을 하게 된 것이다! 그의 소설에도 묘사되는 집과 동네이다. 밖으로 나가지 않고 집안을 탐사하며 놀아도 시간이 모자랄 것 같았다. 아이는 신났고 나는 신기해했다.

해군 장교이자 작가인 피에르 로티는 일본, 터키 등 해외에서 일정 기간 살았고 그러한 경험은 소설을 탄생시켰다. 1885 년, 나가사키에 도착하자마자 그는 18세의 어린 일본 여자와 한 달 기한으로 부모와 지역 경찰의 허락 하에 '결혼'했다. 1888년에 발표한 소설《Madame Chrysanthème(국화 부인)》은 성공을 거뒀다. 1900년대 초 로티는 당시 콘스탄티노플이라고 불렸던 이스탄불에 수차례 머물며 소설을 발표했다. 요즘 이스탄불을 찾는 여행객들, 특히 연인들이 방문하는 '피에르 로티 언덕'의 주인공이 바로 이 집에 살았던 작가 피에르 로티다.

입구는 넉넉히 컸으며 좌측에는 흠잡을 데 없이 꾸며진 화장실, 우측에는 부엌, 맞은편에는 2층으로 오르는 계단이 있었다. 집주인이 부엌을 소개했다. 부엌의 한쪽 벽은 내가 들어가 서도 될 만큼 크고 높은, 중세의 돌 벽난로가 온통 차지했다. 벽난로 안에는 한 사람이 넉넉히 앉을 수 있는 나무 의자가 있다. 그 의자에 앉아 벽난로 벽에 기대어 장작불을 쬐며 책을 읽으면 딱 좋을 것만 같았다.

깔끔하고 아름답고, 넘쳐날 정도로 많은 주방, 생활용품들이 있을 자리에 제대로 있었다. 나는 매일 아침 다른 기분을 내려고 색다른 잔에 주스를, 특이한 컵에 커피를 마셨다. 스테파노가 환영한다며 준비해둔 케르시Quercy 지역 특산품인 호두를 넣은 과자 한 봉지가 식탁에서 나의 손길을 기다렸다.

돌계단을 올라갔다. 돌계단은 작은 돌을 잇대어 만든 것이 아니고 프랑스 왕들의 성에서처럼 넙적한 돌판 한 개씩을 쌓아가며 만든 계단이다. 이렇게 폭이 넓고 두툼한 돌계단은 사각거리는 비단 드레스를 두 손으로 살짝 잡아 올리고 사뿐히 내려와야 할 것만 같았다.

아무튼 척 보아도 이 집은 평민의 집은 아니었다. 아름답게 벼린 쇠 난간 ─ 나는 벼려서 만든 쇠 장식을 무척 좋아한다 ─ 을 옆에 두고 돌계단을 올라 반지르르하게 잘 닦은 헤링본 패턴의 나무 마루에 발을 디뎠다. 창문으로 더없이 환한 햇살이 따사롭게 들어와 마루에 아른거렸다. 햇살 아래 놓인 방명록에 한글로 몇 자 적고 우리의 사인을 남겼다.

오른쪽 작은 통로 공간에는 안락의자와 나무 사다리에 피에르 로티의 책들이 놓여 있다. 이 공간은 거실과 침실로 연결된다. 작은 침실은 분홍색 패브릭으로 벽을 치장하고 1인용 침대와 부분 조명을 위한 램프들이 있고 욕실이 딸려 있다. 광활한 거실 마루는 걸을 때마다 삐걱이는 나무 소리를 냈다. 그 아래는 차가 다니는 좁은 길로 터널을 이루었다. 거실 창에 서면 끝 모르게 일직선으로 뻗은 골목길이 한눈에 들어왔다.

계단의 왼쪽에는 더블 베드와 싱글 베드, 내 키의 두 배는 넘을 18세기부터 내려온 나무 장, 나이트 테이블, 짚을 엮어 만든 의자Chaise paillée, 램프들이 있고, 침대가 기댄 벽의 뒤편으로 큼직한 욕실이 있었다. 아이는 핑크 톤의 침실을 나는 이 커다란 침실을 사용했다. 인생 처음으로 아이와 한 공간에 있으며 이렇게나 먼 거리에 침대를 두고 자게 되었다. 아이에게 가려면 중간 공간을 두 개나 지나야 했다.

피에르 로티 이전에 살았던 누군가, 그리고 이 마을에서 뛰어놀던 피에르 로티는 이 집에서 무엇을, 어떻게 하며 살아갔을까. 아이는 지금까지 머물던 숙소 중 제일 마음에 든다고 했다. 나는 높은 층고는 마음에 들었으나 집도 방도 너무 커서 조금 무서웠다. 3층으로 이어지는 계단은 몇 칸 되지 않았다. 그곳엔 다락이 있었다.

작을 줄 알았던 다락은 조금 허풍을 떨자면 100m 달리기를 해도 좋을 듯 넓고 긴 창고였다. 아래층 공간의 전체 윗면이 삼각 지붕 아래 거칠 기둥 없는 하나의 공간을 이루었다. 흰 침대 시트가 창문을 타고 들어와 부서지는 햇살과 바람에 조용히 날렸다. 이럴 때 구석에서 비둘기라도 파드득 날아올랐다면 히치콕의 새라도 만난 양 놀라 홀로 호들갑을 떨었을 것이다. 그 생각을 하니 등골이 서늘해져 얼른 내려왔다. 도서실로 활용한다 해도 온 동네 사람들이 이용할 만큼 넉넉한 공간이어서 창고로만 사용하기에는 아까웠다.

부엌은 호텔의 큼직한 룸 둘은 합한 것만큼 컸다. 한편에는 4인용 정사각형 나무 식탁이 있다. 짚을 이어 앉는 면을 만들어 놓은 의자에 앉았다. 와이파이 비번은 로티의 소설 제목이다. 멋지지 않은가.

또각거리며 노트북에 이런저런 생각을 정리하는데 오후 3시의 따스한 햇살이 왼팔을 덥힌다. 부엌에는 식탁보다 커다란 정사각형 창문 두 개가 15세기에 쌓아 올린 돌 벽에 끼어 있다. 돌 벽의 두께는 1m도 넘어 뻗은 팔이 창문에 닿지도 않는다. 따스한 햇살이 15세기에 지어진 남향집의 부엌 가득 들어와 비치니 행복이 따로 없다.

집, 타인의 취향

여행을 떠나기 전에 숙소로는 호텔만을 선택하기로 했다. 에어비
앤비에 대한 부정적인 뒷얘기를 들은 아이가 강력히 주장하는 안
전을 고려해서 말이다.

오키나와에서 에어비앤비에 머문 이후 아이의 마음은 풀렸고 세
상이 그리 위험하지만은 않음을 깨달았다. 무엇보다 공간에 대한
인내심에 한계가 찾아왔다. 트렁크 하나 분량이면 언제 어디서라
도 살아가겠구나 싶게 한정된 옷과 짐에 익숙하게 되었을 때 '집'
이라는 공간이 그리워졌다. 문지방을 넘고 부엌에서 커피를 끓이
고 음식 냄새를 풍기며 빨래도 널고 거실 소파에서 쉬고……. 일상
이 펼쳐지는 그런 공간 말이다. 에어비앤비에 문을 두드리기 시작
했다.

'남의 집, 머무는 공간'은 도시마다 소유주마다 다른 모습을 보였
다. 다름은 관찰을 이끌었고 스토리를 만들었으며 우리의 하루에

풍요로움을 더해주었다.

동남아시아의 독채 에어비엔비의 경우, 텅 빈 빌트인 오피스텔에 들어갈 때 느끼는 삭막함과 마주했다. 최소 단위의 생활을 위해 기본 물품이 채워진, 무색무취 무미건조한 공간이었다.

유럽의 숙소는 대부분 주인의 취향과 직업 그리고 살아온 흔적이 고스란히 드러나므로 이방인에게 탐색의 기회를 제공했다. 타인의 취향 속으로 들어가는 비밀스럽고 설레며 짜릿한 체험을 수집했다. 이들의 삶이 어찌 흐르며 생활의 기본 구조가 어떠한지 가늠하는 순간은 물고기에게 미끼가 던져지듯 흥미진진한 재밋거리를 안겨주었다. 비록 집주인은 없었지만 상상력을 발휘해 한 개인의 일상생활과 그들의 문화에 좀더 가까이 다가가게 했다.

런던 숙소는 예술대 출신의 젊은 그리스인이 주인이었다. 아나스타시오스Anastasios, 이름에서 그리스인일 것이라는 예상과, 책장에 꽂힌 디자인, 건축, 미술에 대한 많은 책들로 예술에 관련된 업에 종사하리라는 나의 짐작이 적중했다.

주인은 해외로 떠나 못 만났지만 21세기의 노마드 족답게 SNS 메시지로 우리는 필요한 소통을 했다. 어쩌면 그가 런던에 있다고 해도 못, 아니 안 만났을 수도 있었을 것이다. 코로나가 아니라도 비대면 시대는 이미 우리의 주변을 맴돌고 있었다. 본론에 앞서 인삿말과 함께 형식을 갖추는 대면對面 만남보다 간단명료한 직문직설을 선호하는 뉴미디어 시대의 흐름대로 말이다.

맘껏 집을 즐기고, 부엌 장에 가득한 기본 식재료를 한껏 소비하라는 그의 말대로 대단히 음식을 해먹을 것은 아니나 팬을 꺼내고 기름을 두르고 소금을 뿌리는 습관적인 행동을 했다. 레스토랑에서의 소음과 시선, 형식에서 벗어나 둘만의 목소리가 들어차는 공간에서 식사를 하는 편안함을 느꼈다. 제대로 된 가정용 식탁과 푹신한 소파에 앉았다. 침실 깊숙이 빛을 통과시키는 유리창을 열고 이웃집 정원을 내다보고, 거실에서 욕실로 또 침실로 걸어 다니는 대수롭지 않은 일을 했다. 괜히 웃음이 나고 단단하고 팽팽했던 마음의 끈이 느슨해짐을 느꼈다. 이런 사소한 일을 무의식 중에 이렇게나 그리워했나 싶다.

우리는, 사용하는 물건들을 모두 두고 몸만 빠져나간 아나스타시오스의 생활 공간에 잠시 잠입한 사람들로서 낯선 것들을 반겼다. 사람의 온기, 집 주인의 애정이 느껴진다. 자물쇠로 채워진 옷장에는 그가 평소 사용하는 물건이 있을 것이다. 우리가 도착하기 전날까지 사용했을 식용유와 후추와 각설탕, 커피가 묵은 향이 아니라 제 향을 내고 있었다.

거실의 진홍 감색 소파 위쪽으로 다양한 사이즈의 판화, 사진, 포스터 액자가 벽을 한가득 메우고 있다. 더 이상 사용하지 않는 침실과 거실의 패치카는 장식성 구조물로 변형시켰다. 그 안에 귀여운 사슴 두상 작품을 매달고 커다란 유리 항아리를 무심한 듯 놓아 멋을 더했다. 욕실 창틀 앞에 서양 난초 화분, 모딜리아니의 여인 상을 떠오르게 하는 긴 얼굴의 흉상이 자리하고 있다. 집은 더

할 나위 없이 온화함을 우리에게 선사했다. 나는 이 집을 벗어나고 싶지 않았다. 아이의 흡족함이 만면에 드러났다.

거실 한 면을 메운 책들, 천천히 보면 좋을 두툼한 예술 관련 책들, 매력적이고 읽고 싶은 욕망을 불러일으키는 책들을 하나둘 꺼내 봤다. 혹시나 머무는 사람이 가져가면 어쩌려고 책을 그대로 두었는지 집주인 대신 걱정하면서도 집주인의 전공 서적에 매료되어 소유욕이 일었다. 외출했다가 이 책들이 집으로 빨리 돌아오라고 부르는 통에 서둘러 들어왔다. 런던 대영 박물관에 가지 않고 이 집안에서 며칠을 지내도 재미있을 것 같았다.

여행의 묘미를 맛보게 하는, 소박하나 아름다운 타인의 취향에 완전히 취해버렸다.

엄마와 딸을 잇는, 로카마두르

로카마두르Rocamadour. 젊은 시절, 나의 오감에 각인된 이곳. 여행하며 가장 좋았던 곳이 어디냐고 질문을 받았을 때 나의 답에는 로카마두르가 들어갔다. 대놓고 이야기하면 사람들이 몰려들까 우려해 시크릿 장소라며 지명은 밝히지 않겠다고 치기를 부렸었다. 아이에게 꼭 보여주고 싶은 곳.

보르도에서 동쪽을 향해 250km를 달렸다. 도로 가운데 중앙선도 그어 있지 않은 시골길까지 내달렸다. 로카마두르를 가리키는 마지막 작은 표지판을 봤을 때 건너편 어귀에서 집 채만 한 배낭을 멘 두 소녀 히치하이커가 내렸다.

거위 간(푸아 그라)으로 이름난 페리고르 지방에서 가까운 마을로, 프랑스 남쪽에 치우친 중부 지역이라 로카마두르를 방문하기 위해 서울에서 직접 온다면 최소 23시간에서 28시간은 걸릴 것이다. 로카마두르는 프랑스 현지인이 뽑은 '가장 아름다운 프랑스 마을' 중 하나다. '언젠가 다시 오마' 했는데 드디어 프랑스 시골, 이 구석까지, 다시 왔다.

절벽에 잇대어 들어선 작은 골목을 따라 올라가는 것도 로카마두르를 보는 하나의 방법이지만 우리는 먼저 마을과는 정반대편 산 꼭대기로 돌아가 깊은 계곡과 분지를 형성하는 세 개의 가파른 산과 로카마두르 마을을 한눈에 내려다보기로 했다.

차를 마을과 반대 방향으로 몰았다. 자연스레 풀이 나부꼈던 노변은 깨끗이 정돈되어 도로와 인도가 구분되고 보도블록이 깔렸으며 전망대가 생겼고 관광상품 판매점과 민가도 눈에 띄게 들어섰다. 기억 속의 나무, 야생 풀, 왕모래길, 바위들, 그 사이로 흐르던 산바람은 사라졌다. 스물여덟의 '내'가 스물여섯 아이에게 보여주고픈 것들은 많았으나 옛날은 더 이상 없었다. 그때 머리카락을 흔들던 바람결도 아직 생생히 기억나는데…….

28년 전에 기념 사진을 촬영했던 바위를 찾았다. 그 바위에 앉아 건너편 로카마두르 마을을 배경으로 사진을 찍었었다. 바위와 풀숲이던 그곳은 온데간데 없이 사라졌고 경사지를 깎아 만든 주차장 옆에 별 매력 없는 식당이 들어서 있었다. 거대한 테라스를 끼고 있는 대형 식당이 전망대 역할을 하며 관광객을 유혹했다.

감동에 겨워 심장이 부풀어오를 듯했던 그때 그곳, 나의 젊은 시절의 장면은 더 이상 없었다. 아이에게 그 감동까지 고스란히 전해주고 싶었지만 이 시골마저도 도시 여인의 반짝이는 뾰족구두처럼 변했다.

주차장에는 '식당 고객만 주차 가능'이라는 냉정한 문구가 적혀 있었다. 이 식당 '레스플라나드L'Esplanade'에서 간단히 요기하고 마을로 건너가기로 했다. 메뉴 중 로카마두르 갈레트와 햄과 에멘탈 치즈 오믈렛을 주문했다. 주문을 받던 오너 셰프가 넌지시 권한 프렌치프라이를 못 이기는 척하고 받아들였다.

깊은 계곡 아래쪽으로부터 바람이 몰아쳐 솟았다. 조금 추운 듯했지만 긴 팔 셔츠를 더 껴입고는 계곡과 가파른 절벽 위, 로카마두르 성당 아래로 퍼져 내려오는 마을을 가장 잘 바라볼 수 있는 테라스 끝에 앉았다. 바닷가 바위에 붙은 따개비

나 흙을 물어다 조금씩 붙여 지은 제비 집처럼 보이는 마을 집들, 다닥다닥 붙어 있는 집은 그들을 이어주는 실 같은 골목길조차 감추었다.

바람은 번개 맞은 톰과 제리처럼 머리카락을 사방팔방으로 날렸다. 냅킨을 붙잡고 눌러놓으랴 입 안으로 들어간 머리카락을 빼내랴 황망해 웬만해서는 실내로 자리를 옮기겠지만, 대신 맑은 태양 아래 로카마두르 절벽 마을의 경관을 바라보며 식사하고 싶어 첫눈에 콕 찍은 이 자리를 고수했다.

갈레트와 프렌치프라이, 커피와 그린티는 생각보다 훨씬 빨리 차가워졌다. 프랑스 중남부 지역에 와서 크레프라니 실망스러웠다. 게다가 빵 바구니에 담아 내온 1회용 마요네즈와 케첩 튜브를 보고는 아연실색할 수밖에 없었다. 이 모든 것이 로카마두르 풍광을 보기 위해 치른 작은 희생이다.

브르타뉴 출신 주인장이 만든 갈레트를 먹는 것으로 이번 여행길에 브르타뉴 지방에 못 가는 섭섭함을 위로했다. 둥실둥실한 체격의 지극히 평범한 주인은 이 식당을 차린 지 벌써 20년이나 되었단다. 나는 스물아홉 해 전 즈음에 왔었다고 했다. 대뜸 그는 30년에 한 번씩 찾아오는 곳이냐고 농담을 던졌다.

식탁에서 계산하던 식당에서의 요식 행위는 카드 사용이

늘면서 사라졌나 보다. 먼저 일어나는 손님들이 계산대로 가서 카드를 직접 넣고 계산했다. 아이에게 구식이란 소리를 듣지 않으려고 계산대로 갔다. 편견이라고는 조금도 없는 주인장이 프랑스 사람이냐고 물었다. 한국에서 왔다는 말에 "나는 기아를 샀어요"라고 환하게 응수한다. 기아 차를 주문하면 한국 현지에서 직접 만들어 배로 보내오기 때문에 3개월이나 기다렸다고 자랑하듯 손가락 세 개를 들어 보여준다. 차에 매우 만족한다니 '국뽕'의 어깨가 조금 으쓱 올라왔다.

마을로 향했다. 바위 위에 세워진 마을이라는 의미에서 철자가 'Roc'으로 시작한다고 상상할 수 있겠으나 그렇지 않다. 중세 시대의 옛 지명 Rocamajor의 Roca는 '바위 아래 피난처', major는 '(피난처의) 중요성'을 의미한다. 1166년, 공교롭게도 아마두르라고 불리는 성인(Saint Amadour)의 시신과 유물이 발견되어 '록+아마두르'라는 기독교적 의미를 덧씌웠을 수도 있다. 성인의 묘소는 현재도 성당 내부에 마련되어 있다.

중세 시대부터 이 마을 거주민은 기사, 성직자 그리고 세속인의 세 계급으로 구분되었고 150m 높이의 절벽 마을에서는 계급에 따라 사는 위치가 나뉘었다. 로카마두르를 일컬어 '강 위에는 평민들, 평민 위에는 성직자들, 성직자 위에는 기사들이 사는 곳'이라는 표현은 역사의 기술이라기보다 빈정거림에 가깝게 들린다. 후대인들은 자신들의 처지에 따라 이 표현에 제 감정을 실었을 것이다. 어쩌면 계곡의 아래쪽, 강가에 살던 일반 시민들이 위쪽에서 군림했던 사람들보다 '흐르는 강물처럼' 가장 행복한 삶을 영위했을 수도 있다.

14세기의 강추위, 기근, 흑사병으로 로카마두르는 버려졌고 이후의 종교전쟁은 지나가는 프로테스탄트 무리가 성당을 파괴하도록 허락했다. 작지만 기록에 남은 순례자의 마을은 쇠락의 길을 걸었다. 나무와 풀이 사람의 빈 자리와 성당 그리고 건축물을 파고들었다.

1855년부터 망가진 성과 성당의 재건 공사가 대대적으로 시작됐다. 공사하는 데 경제적 문제부터 여러 난관이 있었겠지만 문외한인 내가 보기에는 60도 경사의 절벽에 붙은 건축물과 심하게 좁고 굽이진 길이 공사를 진행하는 데 크나큰 걸림돌이 되었을 것만 같다.

1872년 공사를 마쳤고 12세기 이래 순례자들이 찾던 것처럼 순례는 다시 시작된다. 지금은 산티아고 순례길에 버금갈 만큼 많은 가톨릭 신자들이 찾아오기도 하지만 그 사이 알려져서 먼 길에도 불구하고 찾아오는 관광객 수도 만만치 않다. 믿음의 성채城砦인 로카마두르는 몽 셍 미쉘Mont Saint Michel, 카르카손느 시테Cité de Carcassonne, 에펠탑La Tour Eiffel, 베르사이유 Versailles 궁 다음으로 많은 방문객들이 찾아오는 곳이다.

중세의 순례자들이 성당과 채플이 있는 성소聖所까지 무릎으로 기어서 올라갔다는 216개의 계단을 우리는 천천히 걸어서 내려왔다. 돌계단은 천 년 세월의 무게로 닳아버렸고 반질반질 매끄러웠다. 더 이상 이러한 의식을 권장하지 않고 성당에서 미사를 보는 신자도 줄어드는 이 시대에 그러한 순례자가 드물게 있다고 하니 참으로 경이에 가까운 신심이다.

성당을 지나 성으로 올라가는 길에 우리는 한 줄기의 바람이 날아와 거목巨木의 초록 잎을 비비대는 소리를 들었다. 그 고즈넉한 자리에 우리 둘뿐이었다. 마음과 뇌리를 맑게 빗질해 줄 것 같은 소리를 우리 안에 가두고 싶었다. 아이와 나는 동시에 그것을 느꼈다.

여행을 하면서 우리는 쌍둥이 자매인 양 동시에 반응을 보였다. 동시에 같은 것을 포착했고, 동시에 기쁨과 힘겨움을 느꼈다. 잎들이 무리를 지어내는 소리는 천사들의 날갯짓과 같았다.

나는 무심코 카메라를 꺼내 셔터를 눌렀다. 막 녹화를 시작한 아이의 동영상에 나의 셔터 소리가 스며들어 갔다. 아이는 벌컥 화를 냈다. 내가 뭔가를 포착하면 아이가 내 앞으로 들어와 같은 방향으로 렌즈를 들이민다. 이럴 때 엄마는 허허 웃고 마는데…… 아니 이것이 뭐 그리 화낼 일이라고 샐쭉하니 성을 내는지.

화는 주차장까지 가는 길에 내내 이어졌다. 우리는 잠시 어쨌느니 저쨌느니 했으나 이내 잊고 오늘 여행의 다음 장면으로 넘어갔다. 이 아이는 금세 잊는다. 안 좋은 일을 속에 담아 두지 않고 빨리 완전히 잊을 수 있는 것은 살아가면서 장점이 되겠지 싶다. 하루 종일 마음에 담고 신경을 쓰는 어미보다 성격이 좋아 다행이다.

뚝딱 한상차림, 블루아

우리는 프랑스 고성을 걸었다. 프랑스 중·북부 지역에 위치한 블루아Blois에서 6월 말 한낮에 걸으니 어깨가 녹아 내릴 정도로 뜨거웠고 해가 뉘엿거리면 서늘한 바람이 목덜미로 흘렀다. 블루아를 끼고 도는 루아르 강가로 나가면 강바람이 참빗결보다도 곱게 머리카락을 한 올 한 올 훑고 지나갔다.

겨우 인구 4500여 명의 블루아는 지나치게 번잡한 도시도 아니면서 시골 같지 않은 세련미를 갖췄다. 진회색 물이 넘실대는 루아르 강변의 도시 오를레앙Orléans, 투르Tours와 어깨를 견주며 프랑스 고성의 비애와 비탄뿐만 아니라 찬란한 영광과 우아함을 간직했다.

이 조용한 도시에서 머물며 우리는 성과 꽃이 한껏 만개하는 성안 정원을 걷기로 했다. 루아르 강을 끼고 건축된 15개의 성 중 각자 가보고 싶은 성을 몇 개 선택하기로 했고 절충안을 거쳐 네 곳의 성을 선택했다.

예전에 방문했을 때는 고성들이 더 이상 아무도 살지 않는, 사람의 온기라고는 찾아볼 수 없는 정지된 과거의 냉기를 전달했다면, 이번에 본 성들은 마치 사람이 살고 있는 듯한 흔적, 현재 진행 중인 시간의 온기를 느낄 수 있도록 테마를 정해 전시를 기획해 성 내부를 꾸며 놓았다.

예를 들면 슈농소Chenonceau 성은 꽃을 테마로 텅 비어 있던 성의 공간마다 프랑스식 꽃 장식으로 공간에 생명을 불어넣었다. 귀족 소유였던 슈베르니Cheverny 성에는 18세기 루이 14, 15세 시대에 유행했던 '자연이 식탁으로 왔다'라는 개념을 차용했는지 식사 공간과 테이블의 장식을 초록과 다채로운 꽃과 박제된 새와 동물들로 꾸몄다. 자연과 식탁 사이에 분명한 경계는 존재하지 않았다. 숲속에 놓인 식탁에 초대를 받은 느낌이었다.

빈 공간에 '볼 것'을 추가하여 관람객의 호기심을 더욱 충족시켰다. 다음에 온다면 이 공간이 또 다른 컨셉트로 어떻게 꾸며져 있을까, 비교해보고 싶은 유혹이 벌써 일었다. 주인도 의미도 잃은 차가운 돌 건물의 빈 공간만이 있다면 다음에는 올 생각을 하지 않을 텐데 말이다. 유쾌한 마케팅이다.

성의 기하학적이며 대칭적 건축 컨셉트는 정원으로 이어졌다. 인간의 두뇌와 손길이 완벽하게 스쳐간 전형적인 프랑스 정원, 선을 그어 정교하게 심겨 있는 나무와 꽃과 풀 사이를 걸었다. 정원의 끝은 깊은 숲의 시작이었다. 피톤치드를 가슴 한가득 담으며 숲 사잇길을 최저속으로 달렸다.

충분히 비타민 D를 받아들이고 우리는 숙소로 돌아왔다. 하루만 지나면 익숙해지는 숙소는 서울 내 집에 들어온 듯 편했다. 숙소 주변에 식당이 여럿 있었다면 나가서 먹었을 텐데 멀리까지 나가기가 귀찮았다.

여행 시작한 지 4개월이 지났고 나라로는 13나라를 거쳤으니 외식에도 지칠 때가 되었다. 집 앞 도로 너머에는 꽤 큼직한 마켓인 엥테르마르쉐Intermarché가 있었다. 참새가 풀방구리에 드나들 듯 오고 가다 하루 한 차례는 슈퍼에서 진열된 상품들을 면밀히 살폈다. 그러고는 딱 둘이 소비할 만큼만 사곤 했다. 이날은 야채 두어 가지와 루아르 산 와인 한 병을 샀다.

결코 기온이 낮지 않은데 아이가 으슬으슬 춥다고 했다. 기력을 보충할까 싶어 바비큐용 넙적한 삼겹살 몇 점을 에코백에 담아 왔다. 근 5개월만에 칼을 잡았다. 간단한 저녁상을 차릴 것이다. 숙소에는 올리브유, 소금, 후추, 와인, 몇 종류의 식초 등이 깔끔하게 준비되어 있었다.

초록 채소로 사온 '마슈Mâche'를 살짝 데치고 찧은 마늘과 소금, 기내용 튜브 머스터드를 조금 넣고 조물조물 무쳤다. 그런대로 나물 모양새가 났다. 마슈 무침, 토마토와 염소 치즈 샐러드, 고기 구이를 차리고 둘이 와인 잔을 부딪쳤다. 한국 맛이 나는 이런 무침을 어디서 얻어왔냐며 아이는 반색을 했다.

도깨비 방망이를 휘두른 것도 아니고 옆집에서 한 보시기 가져왔을 리는 더욱 만무하지 않나. 양파, 마늘, 소금만 있어도 그리운 맛을 흉내 낼 수 있는 엄마의 손맛에 사랑 2%를 넣으면 한식 맛의 한상차림이 가능하다. 아이가 환호하는 표정에 녹아들어 기꺼이 음식을 만든 결심에 스스로 칭찬해주었다.

'엄마가 이쯤이야'.

낯설고 작은 부엌에서 도구도 재료도 변변치 않은데 음식 차린다고 움직이다 이래저래 여기저기 멍이 들었다. 엄지손가락이 낀지도 모르고 와인 따개 양손잡이를 잡고 확! 내려버려 피가 철철 났다. 날이 선 도구도 아닌데 생각보다 살점이 깊이

패였다. 이런 날도 있구나……. 그럼에도 세상의 모든 어미가 그렇듯, 아이가 신나고 맛나게 배불리 먹으면 안 먹어도 배부른 듯했고, "저런" 하고 달려와 '호' 불고 밴드를 붙여주니 아픔이 싹 가셨다.

납작복숭아에 담은 배려

납작복숭아를 샀다. 밀라노, 니스, 생 폴 드 방스, 바르셀로나, 보르도, 브르테뉴를 거쳐 북쪽의 파리로 올라오면서 장터의 과일 진열대에서 발견했다.

복숭아의 원산지는 중국이다. 상상의 산인 곤륜산崑崙山에 살았다는 고대 중국 신화의 여신 서왕모西王母가 자신의 정원인 '반도원'에서 키웠다는 전설의 과일인 복숭아는 불로장생을 의미한다. 고려, 조선 시대 범인들도 그림에 복숭아를 그려 넣고, 복숭아 모양의 연적을 손 우물 안에 움켜쥐고 물을 따르며 불로장생을 꿈꾸었겠지 싶다.

납작복숭아는 약 2000년 전쯤 둥근 복숭아의 변이로 탄생했다. 중국에서 'pántáo(蟠桃, 반도)', 'biǎn táo(扁桃, 편도)'라고 불렸으므로 유럽에서는 pantao 또는 peento, 그리고 흔히는 모양대로 납작복숭아, 도넛복숭아라는 별칭으로 불렸다.

1820년에 영국인 조세프 커크Joseph Kirke가 자바로부터 씨를 가져와 심으면서 유럽에 들어오게 되었지만 그다지 관심을 끌지는 못했다. 약 50여 년 전부터 다른 종과의 교배 연구가 진행되고 이후 생산된 납작복숭아가 서서히 진열대를 차지하게 되었다고 한다.

유럽을 다녀온 사람들이 이 복숭아 맛을 잊을 수가 없다고 극찬해서 이번 여행에서 필히 맛보자고 마음먹었다. 서울에서 볼 수 없는 만큼 아이에게 절대적으로 소개해주고 싶어 마트에 가자마자 찾았다. 계절을 잘 맞춰서인지 앞서 언급한 도시를 거쳐가는 6월, 7월에 눈을 밝히고 진열대를 노리면 대개는 찾아낼 수 있었다. 진열대에서 판매되는 양은 그리 많지 않았다.

일반적인 황도나 백도처럼 속살이 노랗거나 하얀 종류, 털이 뽀얗거나 민숭민숭한 것, 단단하거나 몰랑한 것이 시중에 나와 있었다. 다양한 종류의 납작복숭아가 나와 있으면 한 개씩 사서 맛을 비교하겠건만, 이 복숭아는 겨우 한 박스 정도만 내놓고 팔 뿐이다. 동그란 우리네 복숭아보다 그렇게나 맛나다고 하여 여러 지역산 납작복숭아의 맛을 비교해보기로 하고 가는 곳마다 네 알, 여섯 알을 샀다.

유럽에서는 과일가게에서 과일을 사면 대부분 얇고 바삭거리는 소리를 내는 누런 종이 봉투에 담아준다. 그럴 때마다 비닐 봉투를 사용하지 않아 환경보호를 위한 실천적 행동을 취하는 것만 같아 덤으로 기분이 좋아졌다.

오후의 더위와 걷기로 허기졌을 때 한 알을 베어 물어 복숭아 즙과 향이 입안 가득 퍼지면 불로장생까지는 아니더라도 없던 기운이 생겼다. 어릴 때 나의 엄마는 복숭아를 먹으면 눈이 좋아지고 이가 하얘진다고 했다. 엄마 말대로 납작복숭아를 깨무니, 치아가 복숭아 살에 닿아 하얘지는 것만 같았고 눈을 번쩍 뜨게 하는 달콤한 즙을 삼키면 눈이 맑아지는 듯했다. 우리는 불로장생 신선 세계에 들어가지는 못했지만 기분이 무척 유쾌해졌다.

오늘은 아침 겸 점심으로 과일과 토스트, 계란을 먹고 외출하기로 했다. 두 개의 접시에 납작복숭아 하나씩을 놨다. 내 접시에는 못생긴 것을 올렸다. 아이가 살펴보더니 복숭아를 나의 것과 슬쩍 바꿨다. 복숭아에 이상이 있나 싶어 바꾼 이유를 물었다. "한쪽이 못나서"라는 대답에 놀라 멈칫했다. 아이는 이렇게 조금씩, 또 성큼성큼 성장해가나 보다. 언제나 응석을 받아줄 엄마까지 배려하는 것을 보니 바닷가에 내놔도 꿋꿋하게 헤쳐가리라 싶다.

살아오면서 못생기거나 멍이 들었거나 빛깔이 안 좋은 과일, 썰다가 모난 과일 조각을 아이에게 주지 않았다. 그런 못난이들은 내가 먹었다. 남들에게는 못난 과일, 썩은 과일을 권하고 나만 예쁜 과일을 골라 먹으려 하지 않았다. 아이에게 과일 하나를 줄 때 좀더 마음을 쓴 것은 사실이다. 사과를 깎고 남는 씨 뼈대를 아이에게 주지 않았다. 아이가 좀더 크면 타인에게는 성한 과일을 권하고, 자신은 벌레 먹은 과일을 먹기를 바랐다.

은근한 바람이 실현되었다. 앞으로 아이가 내게 예쁜 먹거리를 권하면 받아 먹는 나이가 되어가나 보다. 이러다 뜨거운 국 한 숟가락을 호호 불어 식혀줄 날이 성큼 다가오려나. 우리는 우연히도 서왕모가 한나라 무제에게 준 것처럼 복숭아 네알을 몇 차례나 사다 먹었으니 함께 장수할런지…….

파리, 너 마저도

파리 17구에 머물렀다. 17구는 고전적이고 보수적인 동네에 속한다. 숙소 앞 슈퍼마켓 정면 유리창에는 24시간 운영이라고 써 붙인 안내문이 있다. 프랑스에서 24시간 오픈이라니 전대미문의 사례다. 안으로 들어갔다. 셀프 계산대가 사람의 자리를 차지했고 80세도 넘었을 노인이 한 손을 지팡이에 의지하고 흔들리는 남은 한 손으로 바코드를 읽힌 물건을 장바구니에 챙겨 넣고 있었다. 탄식이 절로 흘렀다.

'파리 너마저도……'

출장을 가던 십몇 년 전만 해도 비행기 티켓은 봉투에 담아 여행사 직원이 직접 전달해주었다. 이번 여행 첫 기착지인 홍콩에서 하노이로 가기 직전, 비행기 예약권을 꼭 프린트해 오라는 이메일을 받았다. '뭐지?'라는 의문이 들었다. 이 나라 저 나라로 돌아다니는 여행자에게 프린터가 웬 말이냐 싶어 욱하는 감정이 일었다. 호텔 리셉니스트는 요새 이런 요청이 많아진다며 한 장 당 1달러를 요구했다.

두어 도시 지나니 보딩 패스를 꼭 프린트해 오라는 항공사의 주의사항이 이메일로 날아왔다. 또 얼마 지나자 보딩 패스를 프린트하거나 폰에 다운받아 오라고 했다. 그리고 그 이후에는 폰에 저장해 오라고 했다.

런던 행 비행기를 타는 파리 샤를르 드 골 공항 안. 항공사 체크인 대기 줄에 서 있다가 룰에 맞지 않아 '빠꾸'를 당했다. 5개월간 여행하며 이 항공사 저 항공사, 큰 비행기, 작은 비행기를 경험했지만 짐을 셀프로 부치고 나서야 출국장으로 들어가는 줄을 설 수 있는 에어프랑스는 처음 경험했다.

공항 도착 후 짐 부치는 기계에서 트렁크 무게를 재고 초과 무게 비용을 카드로 지불하고 짐 태그를 뽑아서 짐에 매달아야 했다. 컨베이어 벨트에 '내'가 올려놓은 트렁크가 혼자 쓸

쓸히 알아서 밀려간다. 창구 자리엔 빈 의자뿐, 직원은 한 명도 없다. 단, 붙인 태그와 다운받은 보딩 패스만 확인하는 직원이 입구에 딱 한 명 있다. 아……, 그 많던 직원들은 누가 다 데려 갔을까.

프랑스 노인 세 분이 기계 앞에서 어쩔 줄 몰라 하고 있고 (급속한 변화 속, 몇 년 후 나의 미래 모습을 보는 듯해 짠해졌다.) 옆의 프랑스 아주머니는 "인건비 줄이고 경비 절감하는데 왜 니들 할 일을 내가 다 하냐"며 큰소리로 툴툴거린다. 나의 속내를 대변했으나 이내 공허한 메아리로 사라졌다.

프랑스 시골 구석까지도 무인화가 실천되고 있다는 사실을 목격하고 충격을 받았다. 이 모든 현실이 곧 서울에도 불어닥칠 것을 생각하니 등줄기가 떨려왔다. 하루 종일 사람과의 대면 없이 장을 보고 식사를 하고 커피를 사 마시고 우편물을 보내는 세상에 살게 되나 보다.

그럼에도 기계 스티커로 뽑아 붙이던 무심한 우표 대신 파리 우체국에서 컬렉터나 우리와 같은 여행 기념 수집가를 위해 침을 발라 붙이는 우표를 따로 준비해둔 배려가 아직 남아 있음에 작은 위안을 받아 잠시 행복을 맛보기도 했다.

지구 반 바퀴를 돌고 열 달 만에 서울에 왔을 때 동네 슈퍼마켓 계산원의 절반 이상이 사라졌다. 저울에 야채를 달고 스티커를 붙여주던 직원들도, 저울도, 모두 사라졌다. 1년여 지나니 얼마 전까지 웃으며 맞아주던 다이소의 그 많던 계산원들도 없어졌다. 햄버거도 우동도 자동 주문대에서 터치해야 했다. 이런 변화는 여행을 해나가면서 여기저기에서 겪은 바이다.

나라와 도시에 따라 변화의 물결은 성급하게 다가왔지만 저항하는 도시와 마을들도 있었다. 며칠마다 서는 장이 여전히 있었고 사람들의 왁자지껄한 소리가 울렸던 마을, 맛보라고 덤을 주던 빵 가게…… 그럼에도 세상은 터치식으로 바뀐다. 나는 앞으로 터치식 세상에서 AI 프렌드 'She', 'He'를 친구로 고를지 모르겠다. 아직은 심적 저항 세력 중 한 명이지만…….

영화에서 훌쩍 시간을 건너 뛰듯 여행 후 1년이 지나고 생전 겪어보지 못한 코로나 바이러스의 침공으로 생활은 뒤죽박죽이 되었다. 우선 놀라고 당황해 어찌 대처할지 몰랐고 정신차렸을 때는 주섬주섬 현재를 살아가기에 급급했다. 뭐가 뭔지도 모르며 나뭇잎 배를 탄 개미 한 마리처럼 이리저리 치이며 급변하는 격랑을 따라 흘렀다. 그리고 시간이 좀더 흐르자 가까운 미래가 걱정이 되기 시작했다.

어떻게 살아갈 것인가. 코로나 이전으로……, 라고들 말하는 사람들이 있지만 살아온 날들 이전으로는 절대 돌아가지 못하는 법이다. 새 날은, 그것이 무엇이고 어떤 것이든, 매일 다가와 어처구니 없는 상황을 만들 것이다. 언제나 그랬듯이. 그렇게 적응해나갈 것이다. 물질적으로 윤기 나는 생활을 영위한다지만 자연과 인간다움 사이에서는 더욱 척박한 현실을 경험할지 모르겠다.

며칠 전, "지니야 넷플릭스 틀어줘"라고 말한 뒤 "고마워"라고 했다. 나도 모르게 새로운 삶의 방식에 물들어가고 있다. 안경을 쓰듯 마스크를 쓰고 거리에 나선다.

당연히 국민이라면

파리의 개선문 아래에는 1차대전 참전 무명용사의 시신 한 구가 안치된 '어느 무명용사의 묘'가 있다. 어느 무명용사라 함은 당시 발견된 여덟 구의 시신 중 하나를 선택한 것으로 누구의 아들 한 명이 아닌 전장에 나선 모두의 아들을 상징적으로 의미한다. 1920년 11월 11일에 안치되었고 1923년, 그 자리에 국가를 위해 희생한 용사들을 기리는 '영원한 불꽃'을 피우는 단을 만들었다.

매일 저녁 6시에 개선문에서는 국가를 위해 희생한 이들을 기리는 경건한 의식을 행하며 6시 30분에 불꽃을 지핀다. '어느 무명용사의 묘' 바로 위쪽에는 한국전에서 사망한 프랑스 참전 용사를 기리는 표지비가 또한 놓여 있다. 우리는 그 옆에 섰다. 수차례 갔던 개선문인데 오후 6시에 간 것은 6월 29일, 이 날이 처음이다. 숙연히, 아이도 옆에 함께했다. 관악대가 식순에 따라 연주를 했다. 훈장을 단 예비역 장성, 현역 군인들, 양복을 입은 품새로 보아 정치인인 듯한 사람들이 식순을 진지하게 거행했다.

우연히도 바로 며칠 전, 파리의 택시 운전기사가 내게 얘기했다.

"매일 저녁에 엄숙히 의식을 치러요. 길이 막힐 때도 있고 불편할 때도 있지만 어느 누구도, 단 한 명도 불평하지는 않아요. 이것만은! 당연히 그렇게 해야죠."

아버지를 따라 파리로 이주한 그는 현재 파리지엔이고 프랑스인으로서 내게 힘주어 이야기했다. 나는 그의 얼굴색을 보고 알제리 전쟁을 떠올렸다. 알제리 출신인 그는 파리 북쪽, 북아프리카계 이민자들이 많이 사는 곳에 살고 있다고 했다.

운전기사, 시민들을 포함해 95년간 매일 저녁 6시, 이 의식을 이어간 남은 자들에게 존경의 경례를 보낸다.

더불어 함께 사는 세상

피렌체 우피치 미술관, 보티첼리의 '비너스의 탄생' 옆에 자그마한 크기의 부조가 놓여 있다. 그리고 'Uffizi Touch Tour, for visually impaired visitors'라고 적혀 있고, 도톰한 비닐 '페이퍼'에는 점자로 설명이 찍혀 있다. 점자는 눈이 보이는 내게는 단번에 보이지 않았다. 비닐 덮개 위를 손으로 더듬어보니 점자가 느껴졌다. 부조가 왜 있는지 이해했다. 눈을 감고 부조를 만져보았다. 비너스의 탄생을 두 눈으로 보는 이 감동이 시각 장애인들에게도 고스란히 전달되기를 바랐다.

아테네 아고다에서 자그마한 소년의 얼굴을 봤다. 미술관 숍에서 막 고른 어린이 그림책을 두 권 사 들고는 그야말로 환희에 차 있었다. 아이의 키로 보아 중학생쯤 되어 보였다. 이 그림책을 사준 분은 할머니, 할아버지였다. 아고다 갤러리를 둘러보다 또 그들과 정면으로 마주쳤다. 천진난만한 표정을 한 소년의 얼굴은 30대를 훨씬 넘어선 듯 주름져 있다. 할머니가 아니라 어머니였던 부인은 아들의 머리카락을 정갈하게 다섯 손가락 빗으로 빗겨주었다. 아들은 책 두 권을 양손에 나누어 들고 기쁨에 겨운 함박웃음을 지었다. 책을 구입한 기념 촬영을 하고 있었다.

아테네로 들어오니 여행하는 장애인들이 유독 눈에 많이 띄었다. 부모나 친지 입장에서 비행기를 타고 멀리 여행을 온다는 것이 쉽지 않은 일이었을 텐데 가슴이 뭉클했다. 그러고 보니 공항에서부터 여행하는 장애인들과 수없이 스쳐간 기억이 떠올랐다. 터키 카파도키아 지방의 아주 작은 마을 '아바노스'에 갔을 때도 뇌성마비 아이를 침대형 휠체어에 태우고 식당 테라스에서 식사를 하던 한 무리의 가족 곁을 지나갔었다.

기억을 다시 돌려보니 터키, 그리스, 로마, 파리를 거쳐 오면서 타인의 도움이 필요한 장애인들이 거리에 많이 다녔었다. 이상하지 않은 장면인데 갸우뚱하며 이상하게 느꼈던 나의 시각부터 문제였다.

처음에는 '장애인 숫자가 우리나라보다 많은가'라는 생각이 들었는데 곧 수정했다. 숫자가 많은 것이 아니라 비장애인들과 함께 생활하는 장애인의 수가 절대적으로 적은 서울에 내가 살고 있다는 판단이 섰다. '님비' 현상으로 동네에 장애인 학교를 세우는 것조차 극렬히 반대하는 나라에서 장애인들이 자유로이 나들이를 하고 멀리 여행을 한다는 것은 언감생심일 것이다.

느리게 걷는 사람, 그렇게 할 수밖에 없는 사람들은 다이내믹 코리아에서는 느리게 걷는 사람들이 아니라 뒤처지는 사람들로 치부된다. 새벽 배송이 필요하지 않음에도 새벽에 물건이 도착하는 나라에서 우리는 너무나 빨리빨리 앞서 나가려고 한다. 그렇지 않으면 뒤처지는 '루저'가 된다고 생각해서일까.

서울에서, 늦게 가도 천천히 가도 더불어 함께 가는 삶을 만들어가기 위해 새벽 배송을 거부하고 로켓배송을 선택하지 않기로 했다. 함께 둘러보며 나아가자는, 세상을 향한 나의 작은 움직임이고 실천이다. 주위를 둘러보며 느리게 살아가기로 했다.

삶을 대하는 자세, 암스테르담

한 도시를 떠나고 다른 도시에 도착하는 시간에 대한 우리의 기준은 해가 떠 있는 시간대이다. 암스테르담 스키폴 공항에 도착한 시각은 오후 5시, 7월의 암스테르담은 정오처럼 밝았고 아직 해가 기울려면 5시간은 족히 기다려야 할 것만 같았다. 해가 기다려주니 마음에 조급증이 생기지는 않았다.

  택시를 타고 곧장 숙소에 가기로 했다. 바닥에 노란색으로 '오피셜 택시'라고 써 있는 라인에 섰다. 우리 순서의 택시가 하늘을 향해 수직으로 문을 열었다. '테슬라'. 아주 오래 전에 홍콩이나 파리에 가면 대부분의 택시가 벤츠여서 놀랐던 것만큼 놀랐다. 특별추가요금을 내라는 거 아닐까, 의심이 들었으나 안전하게 도착 후 짐을 내려 주고 미터기 요금 − 사이드미러나 네비게이션의 창에 요금이 작게 뜸 − 대로 받고는 검은 테슬라는 스르르 소리 없이 미끄러져 동네를 순식간에 빠져나가 버렸다.

아파트 1층 집에서 공사를 하던 인부 몇 명은 하늘로 뻗친 희한한 차문을 통해 내리는 동양 여자 2명을 쳐다보느라 일손을 놓은 채 굳어버렸다. 우리는 이곳에서 3박을 했다.

우리가 머무는 에어비앤비 숙소의 주인은 '진지Zinzi'. 집을 사이트에 올려놓은 그녀는 출장 중이라 함께 사는 남자 친구가 4층에서부터 양말만 신은 채로 달려내려 왔다. 폭이 좁고 위로 뾰족하게 솟은 암스테르담의 4~5층 정도의 공동주택은 계단이 가파르고 무척 좁았다.

이런 계단을 보면 어릴 때 봤던 영화 〈안네 프랑크〉의 한 장면이 떠오른다. 집을 수색하러 온 독일군이 일자로 높게 뻗은 계단 저 아래에 있고 숨죽이며 보던 안네 프랑크가 위쪽 계단 참에서 기절하는 장면인데 다행히 독일군에게 들키지 않는다.

키가 2m는 되는 집주인은 고개를 꺾어야 제대로 보이는 계단을 날아 내려왔다가 날아 올라가는 것처럼 가벼운 몸짓으로 움직였다. 우리는 좁은 계단이 영 갑갑하기만 하고 가팔라서 혹시나 미끄러질까 봐 한 걸음씩 옮길 때마다 여간 신경이 쓰이는 게 아니었다. 익숙하지 않음은 이렇듯 육체가 거북함을 느낀다.

우리는 백팩을 하나씩 메고 기내용 소형 트렁크를 들고 따라 올라갔다. 한 층에 한 집의 현관문이 있었다. 계절이 7월인데 희한하게도 이들은 현관 밖, 층계참에 겨울용 겉옷들을 걸어두었다.

젊은 집주인은 20kg이 넘는 우리의 트렁크 두 개를 양손에 하나씩 들고 그 좁은 계단을 눈 깜짝할 사이에 올라와 우리를 기다리고 있었다. 그가 들고 올라오지 않았으면 우리가 어떻게 저 무거운 가방을 끌어올렸을지 생각만 해도 아득했다.

집은 환했다. 남향집이라 빛이 가득 들어오기도 했지만 집의 기운이 밝고 힘찼다. 침실과 거실, 욕실, 부엌 겸 식당으로 공간이 명확히 분리되었고 이 공간들을 복도가 이어줬다. 서구 사람들이 집안 공사나 목공일, 페인트칠 등은 웬만해서 직접 하듯이 이 집에서도 주인 커플이 만들고 칠하고 꾸민 손길이 보였다.

베란다에는 화초와 벤치, 벽에 붙은 접이 테이블, 쿠션 등이 있었다. 그가 반짝이는 눈빛으로 강조하는 것을 보니 벤치와 테이블은 본인의 손 작업으로 탄생한 것임에 틀림없어 멋진 베란다이니 감사히 즐기겠다고 말했다.

침실의 침대는 거의 방의 4분의 3을 차지했다. 목공으로 좌우 벽에 꼭 끼게 만든 침대로 높이는 나의 가슴까지 닿았다. 천장은 보라색으로 칠하고 흰 바탕의 벽에는 보라색으로 커다란 네모 두 개를 겹쳐 그려놨다. 침대 아래는 서랍장. 의식주에 사용하는 모든 물건들이 그대로 있으니 필요한 것 외에는 손대지 말고 열지 않았으면 좋겠다고 설명했다. 주인 둘, 몸만 빠져나간 집이었다.

냉장고에 마그네틱으로 붙여놓은 진지의 사진, 체조하는 기사 사진에 눈길을 돌리자 23, 25세인 둘은 서커스 단원으로 유럽뿐만 아니라 전세계로 서커스 공연을 다녀서 집을 많이 비운다고 했다. 그제서야 우리의 짐을 가뿐히 들고 계단을 뛰어올라올 수 있는 비결을 알아낸 듯했다.

'태양의 서커스'단 같은 단체냐고 물으니 그렇게 어마어마한 공연단은 아니지만 2019년에는 일본까지 공연을 간다고 했다. 진지는 지금 남프랑스에서 공연 중이고 자기도 오늘 공연지로 떠나야 한다며 말하는 그의 눈빛이 형형했다.

대화 중에 아이의 낯빛은 놀라움을 머금은 표정이었다. 아이 또래인, 20대 초반의 젊은이들이 삶을 대하는 자세, 생을 꾸려가는 태도가 올곧아 마음에 감동의 파문이 일었다. 경제적 독립, 생활의 자립, 사회 적응력, 건강한 의지력에 놀랐다. 자기들이 좋아하는 일, 자기들이 선택한 일에 몰입하며 자기들만의 삶을 만들어가는 두 젊은이가 대견했다.

그런데 거듭 생각해보면 유럽에서는 스무 살이 지나면 제 길을 스스로 개척해나가니 보통의 삶 중 하나일 뿐이겠다. 아무튼 그들의 삶을 증거하는 유무형의 모든 것들이 이 집을 밝혀주고 있었다.

그들이 꼼꼼하게 준비해둔 암스테르담 설명서, 동네 사용법, 지도, 관련 서적, 그리고 분리 수거법에 이르기까지 여름의 환한 밤을 베란다에 앉아 보내기에 읽을 거리가 충분했다. '독서삼매경' 덕분에 얻은 정보로 내일은 동네에서 암스테르담 구도심까지 척후병처럼 탐험에 나설 것이다.

찬란한 색과 음의 향연, 모스크바

1984년 한여름, 친구네 놀러 가 그 친구의 형이 어디선가 몰래 녹음해왔다는 모스크바 필하모니의 쇼스타코비치 음악을 난생 처음 들었다. 태어나 그렇게 많은 복제 테이프들의 '성벽'에 둘러싸여 공간을 메우는 입체적인 소리는 처음 들었다. 쇼스타코비치의 음악은 우리나라에서 금지곡이었던 시절이었다. 사실 나는 쇼스타코비치의 곡이 금지인지도 몰라서 "왜?"라고 물었었다. 반문할 만큼 이유도 모르는 '금지'가 많았던 세상에 우리는 살고 있었다.

창밖은 작열하는 태양이 굳건히 지키고 있었고 바람 한 점

흐르지 않는 듯했는데 하얀 반투명 커튼만 공기를 가르는 매미 울음을 따라 낭창낭창 흔들리고 있었다. 뭔가 은밀한 음모가 일어나기 딱 좋은 날씨였다. 콧등에 땀이 나고 안경은 미끄러져 내리는 그런 긴장된 순간에 날씨마저 맞물렸다.

소련 음악을 듣는다는 사실이 거대하고 은밀한 범죄를 저지르는 듯, 나를 겁박했다. 갑자기 들이닥칠지도 모를 친구의 형이 금지 국가인 머나먼 소련보다 더욱 두려움을 품게 했는지도 모르겠다. 첫 음만으로도 나는 심장이 뚫리고, 전율로 몸 안의 수분이 증발해 쪼그라드는 줄 알았다. 이후 어디서도 이보다 더 온 몸의 피를 솟구치게 하는 소리를 들은 적이 없다.

1988년 즈음, 파리의 TV에서 소련의 어린이 만화영화 우수작을 우연히 봤다. 몽돌 같은 작은 자갈들이 거품이 이는 바닷가로 찰랑거리며 주르륵 굴러왔다가 쓸려 내려가는 장면에서 나는 눈을 의심하면서 TV 앞으로 10cm 다가갔다. 바닷가를 직접 촬영한 부분인가 확인하려 했는데 착각이었다. 그 바닷가를 만화 속 공주님이 걸었다.

만화는 아이들에게 날개를 달아줄 만큼 황홀했다. 아름다웠다. 소련에서 이런 걸 만든다고? 의구심이 들었다. 우리는 반도의 끝에 갇혀 있었고 정보는 막혀 있었다. 인터넷도 없던 당시, 금지된 경계 너머에서 온 충격은 참으로 컸다.

이런 아름다운 것들을 만들어내는 사람들이 사는 땅이 철의 장막 속 잿빛 동토로 나의 머릿속에 확고히 심어져 있는 아이러니에 당황했다. 회색은 이런 아름다운 것들을 만들어내지 못하리라 생각했고 아름다운 것은 존재하지 않을 줄 알았다. 잿빛만이 온통 그 세상을 지배하는 줄 알았다.

1990년 혹은 1991년, 파리에서 살던 나는 순회 공연 차 파리에 온 붉은 군대 합창단 공연을 보러 갔다. 붉은 군대라는 단어만으로도 움찔할 정도였는데 그들의 합창을 들으러 간 것이다. 반평생 받은 교육 덕에 '혹시 걸리는 거 아니야?' 하는 자문과 함께 순진한 반사 작용으로 공연장 사방을 향해 고개를 두리번거리는 나를 발견했다. 자괴감이라는 단어는 바로 이럴 때 내 자신에게 적용 가능하다.

객석은 만원 사례였고 낯선 문화로 상기된 우리만큼이나 이 상황에 익숙한, 객석을 가득 메운 프랑스 관객들도 흥분 상태였다.

나는 어린 시절부터 동경해왔던 러시아 전통 현악기인 '발랄라이카Balalaika' 소리를 직접 듣고 싶었고 합창단은 가늘지만 응축된 힘을 내보이는 발랄라이카의 반주를 곁들여 '칼린카Kalinka'와 '파르티잔의 노래le Chant des Partisans'를 부르기 시작했다. 따라 부르던 관객들은 공연장을 그야말로 열광의 도가니로 만들어버렸다. 주먹을 불끈 쥐고 무대를 향해 돌진하는 포즈로 노래를 따라 부르던 옆자리 중년의 파리지엔느는 들라크루아Egène Delacroix의 그림 '민중을 이끄는 자유의 여신' 과 오버랩될 정도였다.

무대와 관중이 하나가 되어 소비에트 국가와 프랑스 국가인 '라 마르세에즈La Marseillaise'를 연이어 부를 때는 한목소리를 이루는 힘의 파열로 등줄기에 오싹한 추위가 흘렀다. 이들이 내는 소리에는 입체적인 색이 입혀져 있었다.

1893년, 차르 알렉산드르 3세 가족들 앞에서 처음 문을 열었을 때 지구상에서 가장 큰 백화점이었고 현재는 서구 명품 매장이 들어찬 호화로운 백화점 굼GUM. 동화 속 마법의 궁전 같은 형형색색의 성 바실리 성당, 그에 비해 차르와 레닌, 스탈린 그리고 푸틴에 이르기까지 최고의 권위에 걸맞은 위엄과 근엄을 상징적으로 과시하는 크렘린 궁, 문고리 하나에 이르기까지 담담한 멋을 표현한 장인의 손길이 느껴지는 트로츠카야 미술관, 한 개인의 부와 영화를 감지할 수 있는 문호 톨스토이가 살았던 주택, 서민들도 궁전의 거대함을 누렸으면 해서 건설한 지하철 역사 안을 장식한 국가와 과거 체제 선전 예술작품들, 카드의 병정들이 환영하며 나타날 것 같은 알록달록한 색상과 건물 디자인으로 놀이공원 같이 채색된, 외곽의 이즈마일로보Izmailobo 벼룩시장.

이 안에서 살아가는 사람들의 눈빛, 굳은 표정, 무뚝뚝한 웃음, 순수한 응대, 호기심 어린 친절을 통해 러시아인의 삶을 조금 엿보았다. 그것은 빠른 템포로 긴장을 고조시키는 쇼스타코비치의 교향악 5번과 고운 음색, 가녀린 선율, 기나긴 호흡에 이어 남성 저음의 목청을 한껏 돋우며 우렁찬 기세로 심장을 옥죄었다 풀어놓기를 반복하는 붉은 군대 합창단의 'Kalinka', 몽돌을 굴리는 만화의 장면들과 일맥상통했다.

단편적으로 주워듣던 러시아적인 예술의 근원이 이 도시에 있었다. 이 땅의 인간이 창조한 소리의 입체감, 색상의 가락과 변주, 형태가 발산하는 힘이 서로에게 기를 북돋웠다.

2018년, 러시아보다 소련이라는 이름으로 익숙했던 나라, 선과 경계를 넘을 수 없던 나라, 장막 속의 광대한 나라, 서울 촌뜨기가 드디어 그 나라의 핵인 모스크바에 왔다. 열흘을 지나고 보니 회색 도시였다는 그간의 상상과 추측과는 달리 '천국보다 아름다운' 색으로 그려진 동화 속 도시였다. 인간이 할 수 있는 모든 상상력을 동원해 기교를 부린 선들과 형형색색의 황홀한 색과 선으로 꾸며진 모스크바는 도시 자체가 거대한 팝업 그림책 같았다.

서민의 삶도 역시 그에 부합한다고는 말하지 못하겠다. 화려한 일면과는 무관한, 지금에 이르기까지 백여 년간의 러시아 서민의 삶을 들여다보면 지구상의 많은 대도시에서처럼 낡은 아파트, 재건축, 이주, 경제성의 문제로 골치를 앓고 있었다. 천국보다 아름다운 색이 모스크바에 있었지만 일반인의 삶은 반드시 그러한 색을 띠지는 않았다.

러시아의 독특한 거주 형식인 '코뮤날카Kommunalka'에 관한 기사를 읽게 되었다. 1917년 혁명 이후, 정부는 주택난을 해결하고자 여러 가구가 함께 살도록 도시 중심의 큰 아파트를 공유하게 했다. 아파트는 차르 시대에 세워져 소비에트 시대를 거쳐 지금까지 사용하고 있는 대형 건물들도 있다. 코뮤날카는 1980년대까지 널리 퍼졌다.

부엌과 욕실은 공동으로 사용하고 방을 한두 칸씩 나눠 분배하는 공유 거주 시스템이다. 한 아파트에 대여섯 가구가 사는 것으로 욕실에는 여섯 가구의 비누와 수건이 각기 자리 잡고, 부엌에는 각 가구를 위한 가스 렌지 여섯 대와 부엌 도구가 놓여 있는 공동 주택이다. 나이를 불문하고 한 가구에 1인당 $8m^2$의 방을 배정했다. 어떤 이는 1836년에 지은 아파트를 이런 식으로 공유하며 살고 있었다.

재건축을 원하지도 않는단다. 조부모와 살았고 아이와 살고 있는 터전을 떠날 수가 없다는 주장이다. 낡고 보잘것없어도 둥지란 그런 것이다. 이주를 원하지 않는 코뮤날카 속 서민의 삶은 황홀함과는 거리가 멀지만, 나름대로 일상을 나누며 작은 공동체 내에서 영위되는 삶의 소박한 형형함을 증명한다.

다음에 오게 되면 불편할 수 있겠으나 코뮤날카에 한번 머물기를 시도해봐야겠다.

To 할머니

할머니! ㅇㅇㅇ이에요.

여기는 모스크바입니다!

여행을 떠난 지 벌써 반년이네요.

엄마와 건강히 재미나게 잘 다니고 있어요. 걱정마세요.

엽서가 언제 도착할지는 모르겠지만 다가오는 생신 축하드려요!

보고싶고 사랑해요. 할머니 ♡ 얼른 돌아갈게요~

모스크바에서 손녀 딸 ㅇㅇ. 2018. 07. 25

엄마 안녕! 우리는 모스크바에 와 있어요.

유럽을 빠르게 돌고 러시아에서 한숨 돌리는 중이예요.

아름다운 궁과 성당들,

오래된 역사를 가진 화려한 지하철역들,

도시의 알록달록한 색들이

마치 거대한 놀이공원에 와 있는 것 같아요.

동화 속 같네요.

내가 러시아에 오게 될 줄이야.

이 땅에 와 있다는 것 자체가 신기하네요.

우리는 내일 크렘린 궁에 가요!

남은 여행도 건강히 무사히 잘! 해내길.

모스크바에서 ㅇㅇ. 2018 07 25

발트해의 작지만 강한 도시, 탈린

13일간 머물던 러시아의 상트페테르부르크를 떠나 에스토니아의 탈린Tallinn으로 향했다. 생소한 국가의 생소한 도시. 큰 기대는 없었고 많은 정보로 무장하지도 못했다.

비행기 좌석에 안착하자마자 기내지를 펼쳤다. 표지 위 '에스토니아는 IT국가'라는 문구가 눈에 띄었다. '무슨 소리, IT국가는 대한민국 아닌가?' 하며 페이지를 넘겼다. 에스토니아 주재 프랑스 대사와의 인터뷰 기사에 눈이 쏠렸다. 그녀는 1991년 이전, 구소련 지배하에서 어린 시절에 살며 경험했던 에스토니아와 현재의 에스토니아를 비교했고 IT강국으로서

에스토니아를 설명했다. 의아했으나 탈린에 내려서 직접 확인해보기로 하고 잡지를 덮었다.

험준한 산악 지대 위를 날아 분지, 아련한 저 끝 메마르고 누런 흙색의 지평선, 망망대해의 수평선을 지나자 비행기가 하강하기 시작했다. 경계가 모호한 바다와 하늘로 이어지는 평평한 초록 대지에 쌍발 비행기가 내렸다. 비행기 창밖으로 한없이 평평한 땅이 펼쳐져 있다. 시야에는 조금 높다 싶은 언덕조차 보이지 않았다. 산을 깎는 수고를 할 필요 없이 도로를 놓고 건물을 지어도 되는 땅이다.

1만 년 전에 빙하가 쓸고 지나간 뒤 더 이상 평평할 수 없을 정도로 납작하게 된 대지. 크고 작은 1521개의 섬 중 단 13개 섬에만 사람이 살고 있는 에스토니아, 교과서를 따라 외우기만 했던 발트 3국 중 한 나라에 온 것이다. 매년 3mm씩 땅이 올라오니 매년 새로운 섬이 조금씩 생기는 중이란다. 국토의 20%는 늪과 이탄층泥炭層이 차지하고 50%의 숲은 조밀하게 국경을 지나서까지 펼쳐져 다람쥐가 나무에서 나무로 뛰어 모스크바까지 갔다는 우스갯소리가 전해내려 온다.

러시아 대륙의 끝에 위치한 북쪽 나라, 소비에트 연방에서 30년 전에 벗어난 나라는 어떤 모습일지 궁금했다. 여행 7개월이 지나면서 우리는 다음 도시에 대한 지나친 우려, 근심을 벗어났다. 발견할 거리를 발굴하면 될 것이고 문제가 생기면 해결하면 될 것이라는 생각으로 트렁크를 달랑 들고 내린 여행지는 에스토니아의 수도 '탈린'이다.

비행기에서 내리자 가장 먼저 마주한 어린이 놀이터 로테마 Lottemaa와 아기자기하게 꾸민 공항 내부 인테리어는 막연히 머릿속에 그렸던 이미지와 달라 순간 헬싱키 공항에 잘못 내린 것은 아닌지 확인차 주변을 둘러보게 했다. 따스한 기운이 흐르는 실내 공간은 나의 어줍지 않은 상상과 추측을 완전히 깨버렸다. 첫 인상은 귀엽고 경쾌하고 밝게 다가왔다.

심 카드를 사기 위해 곧장 공항 내 키오스크로 갔다. 심 카드 구입 방법을 미리 찾아놨는지 키오스크를 향해 나아가는 아이를 아무 생각 없이 따라갔다. 공항에 내려서 안내소에 가서 물으면 될 터이니 나는 그러한 정보를 미리 찾지는 않는다. 자유로이 여행하는 것이지 고시공부가 아니므로 여행이 깊어질수록 나는 더더욱 느긋해졌다. 아이는 익숙해지는 만큼 구글링을 통해 정보를 구했고 내게도 채근을 했지만 꼭 필요한 경우를 제외하고는 검색하지 않았다. 스마트 폰의 작은 활자가 잘 보이지 않는 것도 한몫했다.

IT강국이라더니 껌 한 통 사듯 구입한 심 카드를 그 자리에서 스마트 폰에 장착하자마자 거칠 것 없이 즉시 작동되었다. 자그마하고 깔끔하며 귀엽기까지 한 렌나르트 메리Lennart Meri 공항은 인구 40만의 작은 수도에 대한 첫 인상을 단박에 긍정적으로 만들어주었다. 택시 정류장 앞에는 나이 지긋한 검은 양복의 안내인이 승객들을 줄 세웠다. 성마르게 "저 사람들이……"라고 새치기를 우려해 지적하자 교장 선생님 포스의 눈빛과 손짓으로 매우 부드럽게 '그 자리에 그대로 서 있으라'는 표시를 하고는 앞으로 슬쩍 나선 몇 사람들을 우리 뒤로 천천히 데려다 세웠다.

매끄러운 출발이다. 이방인이 첫발을 내딛는 낯선 땅에 대한 두려움은 말끔히 사라지고 내리쬐는 햇살처럼 따스한 기운이 마음속에 퍼졌다. 선입견으로 머리에 두고 있던 '회색, 어둠, 무거움, 칙칙함, 낡음, 무표정'이란 단어들은 '맑음, 밝음, 깔끔'으로 대체되었다.

7층에 위치한 숙소 창 너머로 탈린 항구가 한눈에 훤히 내다보였다. 대형 크루즈선 몇 편이 정박하고 있다. 저기에서 배를 타고 두어 시간 가면 핀란드의 헬싱키다. 구소련의 지배를 받았다는 흔적보다는 코펜하겐, 암스테르담, 헬싱키 같은 북구 도시들의 경쾌하고 밝은 분위기가 훨씬 더 느껴진다. 휜구

름이 둥실둥실 떠 있는 푸른 하늘은 너무도 선명해 비현실적
으로 다가왔고, 지평선과 수평선까지 맞닿으며 거대한 천궁天
穹을 그렸다.

연한 금발의 집주인 카트린은 집 사용 설명을 한 후 '중세 도
시'라는 수식어가 따라붙는 탈린에 대해 운을 떼었다. 인터넷
상에서 이미 읽은 내용을 크게 벗어나지 않았지만 모자람도
없었다. 대신 그녀의 밝고 힘찬 목소리로 들으니 인터넷에서
보았던 활자들이 에너지를 얻어 머릿속에서 3D 이미지로 살
아나왔다.

　이러한 기본 설명은 다 알고 왔을 것이고 추천하고 싶은 공
간은 '텔리스키비 크리에이티브 시티Telliskivi Creative city'라고
덧붙였다. 창의적인 디자이너들, 아티스트들이 모여 있는 공
간이며 소위 'Hot & Hip'해 인구에 회자되는 공간들, 카페와
레스토랑들도 있으니 우리에게 맞을 것 같다고 했다.

　1870년, 탈린 시와 붙어 있는 칼라마자Kalamaja 마을에 상
트페테르부르크와 탈린을 연결하는 '발틱 철로Baltic Railway'가
놓이면서 대단위 공장들이 우후죽순 세워졌다. 최근 들어 폐
쇄되었던 이 옛 소비에트 공장 지대는 실험적 공간이자 재개
발의 성공 사례로 손꼽히는 문화 예술 창작 단지 텔리스키비

로 멋지게 탈바꿈하게 되었다.

어리바리한 이방인은 족집게 도사가 점지하듯 지역 터줏대감이 제안한 소중한 정보에 눈과 귀가 번쩍 열리는 법이다. 어떤 형식이든 'Net'으로 통하는 이 시대에 '현지인들만 가는 곳에 나만이 최초로 갔다, 봤다'라는 단순한 주장은 맥없는 소리로만 들린다. 지금, 여기에 살고 있는 지역민들이 인정하는 '곳'과 '것'을 경험하고 그들의 의견까지 듣는 것이야말로 여행 중 받게 되는 신선한 보너스이다. 그녀의 추천대로 하루 날을 잡아 텔리스키비로 향하기로 했다.

공항에 도착하고 숙소에 오기까지 짧은 시간 동안에 감지한 이 도시는 '3D; 디자인, 디테일, 디지털'로 함축되었다. 내일부터 숨겨진 '3D'를 더 찾아보려니 설레기까지 했다.

북구에 가까운 이곳은 아직 한낮처럼 밝다. 근처 산책을 하고 식사하러 시내로 걸어가다 마주친 에스토니아 국립 오페라 극장 주차장 차단기는 나를 완전히 무장 해제시키고 웃음이 터지게 만들었다. 지휘봉을 쥔 손 모양이었는데 심지어 몇 개의 차단기 손 모양은 조금씩 달리 만들어졌다. 문화, 예술, 풍자, 유머가 있을 법한 이 도시, 이 나라에 사는 사람들을 더욱 알고 싶어졌다.

글루미 선데이, 부다페스트

새벽 빗소리에 잠이 깼다. 커튼 자락을 들어올리니 내려다보이는 텅 빈 도로의 가로등 노란 불빛에 애수가 서려 있다. 잠시 후 아침, 여전히 비가 흩뿌린다. 완연한 글루미 선데이. 부다페스트의 첫날, 일요일을 이렇게 맞았다. 영화 몇 장면이 떠올랐다. 〈글루미 선데이〉 피아노 연주를 찾아 아이에게 들려주었다.

비가 잦아든 오후에 아이와 함께 동네 길 탐방에 나섰다. 여기는 부다페스트 중 페스트 지역 중심가 아파트 숙소이다. 젊은 날의 기억 속 그대로의 부다페스트 모습, 그래서 더 낡은 과거로 들어가버린 듯한 그 모습이 오히려 낯설었다. 아이가 옛 기억 속 부다페스트는 어땠냐고 물었다. 오래된 기억 창고의 빗장을 열고 찾느라 즉시 답을 못했다.

1990년, 당시의 이미지들이 흑백 슬라이드처럼 한 장씩 스르륵 찰칵 넘어갔다. 배낭 멘 20대였던 그때는 이 땅에 자유로이 들어오게 되었다는 것만으로도 감격해서 눈에 들어오는 모든 것이 빛처럼 아름다웠다고 답했다.

애석하게도 웅장하고 아름다운 시내의 건축물들이 삭아서 떨어져 나가고 있다. 낡음, 오래됨이 좋지 않다는 의미는 아니다. 다만 보수와 보존의 손길이 미처 머물지 못하는 안타까움에 씁쓸해졌다. 오늘은 잿빛 하늘도 그렇고 건물들의 묵직함, 무게감으로 도시가 더욱 글루미gloomy하게 보인다.

머무는 아파트의 중앙 출입구 문을 열면 바로 앞이 버스 정류장이고 지하철역이라 이동이 용이했다. 출입구는 1층의 상점들과 회랑이 이어져 비와 햇살을 피하며 걸을 수 있다. 우리가 머무는 6층의 숙소로 올라가려면 100년이 된 엘리베이터의 철문을 열고 안에 들어가 닫은 후 버튼을 눌러야 했다. 덜컹거렸고 폭 넓은 중간 참과 계단의 벽은 페인트가 벗겨지고 으스스했다.

초기의 건물 상태를 상상해봤다. 철을 아름답게 벼려 만든 건물 입구의 유리문, 대리석 바닥, 당시로서는 상당히 큼직한 엘리베이터, 높은 층고, 샹들리에가 있는 건물의 화려하고도 웅장함……. 하지만 그것들은 이제 퇴색했고 시간이 19세기, 20세기 초 어디선가에서 멈춘 듯했다. 한때는 이 건물이 초현대식의 멋들어진 아파트였을 텐데……. 허름한 환경 속에서도 따스한 삶이 이어지는 여러 가정의 터전임을 층계참과 복도에 놓인 유모차, 어린이 자전거와 꽃을 피우는 화분들이 증명했다.

기차로 부다페스트에 도착했던, 배낭족이었던 젊은 나는 손으로 수놓은 전통 블라우스를 하나 사려고 얼마인지도 모르면서 일단 100달러를 꼬깃꼬깃 따로 보관했었다. 부다 언덕 위 '어부의 요새' 쯤에 가서 사려고 가슴 부푼 채 세체니 다리를 건너려는 순간, 여행 내내 정식 환전소에서만 환전을 하다가 그날따라 세체니 다리 올라서기 전에 '암달러' 상에게 홀려 환전을 했는데…… 아무튼 100달러를 잃고 나선 우울해 블라우스는 눈에도 안 들어오고 어부의 요새에서 망연자실 다뉴브 강만 내려다봤었다.

예전처럼 손수 놓은 블라우스와 테이블보, 냅킨 등 수공

예품을 파는 곳은 현저히 줄어 보이지도 않는다. 이제 사고 픈 마음은 사라지고 쓰린 추억만 영화처럼 남았다. 아이에게 이 얘기를 해주니 흑백 영화 시대 이야기처럼 듣는다. 옛 이 야기에 걸맞게 부다페스트에서 가장 오래된 카페 루스부름 Ruszwurm(1827)의 고풍스러운 실내에 들어가 앉았다. 당시에 장인이 제작했다는 체리나무로 만든 오래된 카운터와 가구와 집기들을 천천히 음미했다.

매일 산책이 즐거운 도시, 소피아

누군가 상트페테르부르크나 모스크바를 겪고 먼 길을 돌아 작은 도시 소피아까지 왜 갔느냐고 물었다. 작아서 실망하거나 볼 게 없을까 봐 걱정하지는 않았다. 친했던 단 한 사람이 보고파 갈 수도 있고 영화나 소설에서 언급된 것을 눈으로 확인하고 싶어서 갈 수도 있다. 험프리 보가트로 인해 카사블랑카로 가겠다거나 다이아나 레인처럼 〈파리로 가는 길〉을 따라가 보겠다고 마음을 먹듯이 말이다. 의외로 단순하고 사소한 이유로 어느 장소를 여행지로 선택할 수 있다.

　중학교 때 서양 할머니처럼 생긴 세계사 선생님이 "소피아,

소피아"라고 발음했을 때, 유난히 좋아하는 요거트가 불가리아산이 최고라고 들었을 때, 파리에서 만났던 소피아 대학의 빨간 머리 여 교수가 꼭 와볼 만한 도시라고 누차 말했을 때, 나는 소피아에 꼭 가보리라고 거듭 다짐했었다. 정평이 난 프랑스 미슐랭 가이드에도 — 아마 짧은 기간의 여행자를 위한 팁이겠으나 — 이 도시를 돌아보는 데 몇 시간 정도 할애하면 족하다고 적혀 있었다. 간단히 말해 몇 시간의 가치가 있는 도시라는 뜻이겠으나 그래도 우리는 소피아로 향했다.

소피아 공항 검색대를 통과할 때 담당직원의 옅은 미소를 띤 눈빛을 환영을 의미하는 거라 해석했다. 공항은 물론 작고 초라할 수 있다. 그러한 조건이 즐거운 여행을 가로막는 충분조건은 되지 않는다. 이 도시에 갈 만 하냐고 물으면 답하기에 난감하다. 여행자가 선택하기 나름이기에.

　몇 시간 볼거리 밖에 안 되는 이 도시에서 우리는 그 몇 배나 되는 12일 동안 머물기로 했다. 800만 명을 넘던 불가리아 인구는 현재 700만 명 선을 유지한다. 땅덩이는 우리나라와 비슷한데 인구는 근 1/8이다.

　공항 안내소에서 택시는 공항 건물 앞이 아니라 공식 택시 창구로 가서 얘기를 하고 타라며 안내 종이에 택시 번호를 인

쇄해 주었다. 어느 나라에서나 택시에 짐을 싣고 문을 탁 닫는 순간, 호흡이 한 템포 정지한다. 잘 가고 있는 거겠지, 라는 질문이 또 한 번 떠오른다. 국군장병보다 머리를 짧게 깎고 회색 눈동자의 무뚝뚝한, 게다가 씨름 선수처럼 몸집이 지나치게 커서 ─ 소피아 거리에서 흔히 마주치는 ─ 내가 앉은 뒷좌석까지 의자를 밀고 앉은 기사와 한차에 타고 가야 하는 내내 심정이 편하지만은 않았다.

차창으로 내다보이는 거리에는 그래피티로 물든 5~6층짜리 아파트들이 줄지어 있고 오래된 잎의 큰 나무들이 그 사이사이에 있다. 색으로 이 도시를 표현한다면 괜히 서글픈, 연한 회색이라고 말하고 싶다. 아무튼 무뚝뚝한 기사 아저씨가 여행 잘 하라는 말과 함께 모든 짐을 숙소 앞에 안전하게 내려주고 돌아서니 큰 호흡과 함께 약간의 긴장으로 뻐근했던 앞가슴 뼈가 녹진해지는 느낌이다.

이제 다음 난관은 숙소로 안전하게 진입하는 2단계로 넘어서는 것. 입구 문을 여는 법, 중간 문으로 진입하는 것, 100세가 넘은 나무 엘리베이터 사용법에 이르기까지 거쳐가는 숙소마다 출입구 여닫는 법이 다르니 이 수수께끼부터 풀어야 했다.

생전 처음 타보는 원통 모양의 나무 엘리베이터를 타느라 애쓰며 올라온 4층. 한 층마다 한 채를 쓰고 있었다. 여행업에 종사하는 주인은 많아야 50대쯤 되었을 것 같은데 출장 중이라 남자 친구가 우리를 맞도록 손을 써났다. 집안은 칙칙했던 외관과는 달리, 지극히 현대적으로 깔끔하게 꾸민 인테리어 실력에 절로 '아' 하는 탄성이 새나왔다. 집주인의 수준급 안목을 인정하는 고갯짓이 절로 나왔다. 포도와 사과와 바나나, 물 그리고 하늘에서 본 불가리아 사진집이 우리를 기다리고 있었다. 사진집에 매료되어 저녁 식사 후 시간은 사진을 보며 보냈다.

소피아 길을 걸으면 많은 사람들이 어디로 떠난 건 아닌가 하는 생각이 들 정도로 한적했다. 이 도시에는 유난히 초록 숲이 많다. 집 근처 넓은 공원에는 애완견과 더불어 3대가 나와 초록을 즐겼고 공원 내 카페에서는 음악이 흘렀다. 영화 속에서 접했던 '벨 에포크Belle Epoque' 시대의 한낮을 보는 듯했다.

소피아는 자그마했고 무엇보다 조용했다. 플라타너스 갈색 잎이 뒹구는 길과 숲을 따라 이리로 저리로 매일 걸었다. 집주인 반야Vanya가 남겨준 종이 지도에 다녀온 길을 칠했다. 색칠이 되지 않은 길이 없을 정도로 야광 펜 자국이 도로를 따라 빼곡히 남았다.

종이 종족 vs 포노 사피엔스

종이 지도를 깜빡 잊고 두고 나왔다. 아이가 조종을 담당하는 구글 맵이 먹통이 될 때 구원투수로 나서야 하는 나의 종이 지도. 종이 지도를 다시 구하지 않는 한 운과 감을 따라다녀야 했다. 결론부터 말하자면 아이는 스마트 폰으로 무장한 전형적인 포노 사피엔스이고, '종이 종족'으로 태어난 나는 아직은 과거에 한 발을 걸친 얼치기 포노 사피엔스다. 구글 맵도 스마트 폰도 이용하지만 에너지나 인터넷이 끊기면 순간 먹통이 되는 폰에 전적으로 의지하지 않는다. 고루한 인간형일 수 있지만 나침반, 촛불, 성냥을 사용했던 시대에 살았던 나는 종이 지도에 의지해 움직이는 나의 방향 감각을 아직도 믿는다.

아테네 아크로폴리스 언덕에서 내려와 아고라로 가는 도중 세 갈래 길에서 하필 아이의 구글 맵이 먹통이 되었다. 이끌고 나가는 아이만 믿었는데……. 가방을 뒤졌다. '짠' 하고 나타나야 할 종이 지도는 온데간데없었다. 하필……. 세 갈래 길 어디로 갈 것인가로

왈가왈부하는데 고양이가 누웠던 담장 옆집 테라스에서 젊은 할아버지가 내려다봤다.

"어디서 왔니?".

늘 듣던 언어가 아닌 색다른 말소리에 귀가 민첩하게 반응했나 보다. "한국"이라고 말하자 집안에서 테라스 난간으로 후다닥 두 명이 더 뛰어나와 내려다본다.

"여기 전망 끝내주니 올라와볼래? 대문 그냥 밀어."

머릿속에서 고민의 회오리가 몰아친 찰나, "YES"라는 답이 떨어졌다. 아무나 따라가지 말라고 우리 엄마가 항상 말씀하셨건만……

아내가 센다이 출신이라고 소개했다. 일본인 아내는 "그리스 남자와 결혼해서 머나먼 여기까지 와서 살게 되었지"라고 섭섭하면서도 행복한 표정으로 설명한다. 그 애매한 표정이 의미하는 무언가를 대번에 공유했다. 발코니와 넓은 테라스가 있는 집은 사면에서 아테네의 멋진 풍광을 볼 수 있었다. 집 뒤에는 아크로폴리스 언덕이 버티고 서 있었다. 앞쪽으로는 가장 오래된 가옥들과 아테네 유적 단지, 그리고 가장 '핫'하다는 플라카Plaka 지역이 훤히 내려다보였다. 우측으로는 지평선까지 이어진 대로가 보인다.

할아버지는 여기 와서 보라, 저기 와서 보라, 사진 찍어주랴, 역사와 지리와 비사秘史를 말해주느라 말의 속도는 광속을 달렸다. 오래된 작은 돌집을 현대식으로 아기자기하게 만들기 위한 컨셉트를 설명했다. "집이 다 고쳐지면 또 와. 초대할게"라고 한다. 또

올 수 있을까.

할아버지가 "물, 물 필요하지?"라고 물었지만 폐가 될까 싶어 사양했다. 집을 나서기 전에 고맙게도 아내가 물방울이 초롱초롱 맺힌 시원한 물 두 병을 보시처럼 손에 쥐여주었다. 마침 물을 잊고 나와 갈증이 심했는데. 아테네의 5월 도보 행군자에게 물 한 병은 필수조건임을 아는 분의 배려였다.

운과 감을 따랐던 날! 할아버지는 왼쪽으로 가서 쭉 내려가다 오른쪽으로, 다시 왼쪽으로 가면…… 이라고 아고라에 이르는 길을 설명해주었다. 덕분에 무사히 아랫마을 아고라로 내려와 민트색 아이스크림 집에서 황홀한 아이스크림을 먹었다.

밀라노의 숙소는 우연히도 밀라노의 랜드마크이자 환경 관련 건축 서적에 등장하는 그린 버티컬 건축물 '보스코 버티컬Bosco Verticale'과 담을 공유하고 있었다. 오래된 숙소의 중정에서는 반은 푸른 하늘이, 반은 하늘로 솟은 보스코 버티컬 빌딩의 수직 푸른 숲 정원이 보였다.

숙소에서 밀라노 시내 탐험 차 걸어서 밀라노 대성당까지 가기로 했다. 이날도 지도를 챙기는 것을 깜빡 잊었다. 시내 탐험이 거의 끝나갈 무렵 아이는 서둘러 집으로 가자고 보챘다. 화장실이 급한가 했는데 구글 맵을 구동시킬 폰의 배터리가 거의 떨어져 간다고 고백했다. 우리의 여행 일정은 배터리의 파워에 의해 좌지우지되었다.

나는 숙소로 돌아갈 길은 걱정하지 말라고 했다. 왜냐하면 온 길이니까. 가장 단순하게는 왔던 대로 돌아가면 될 것이고 방향만 잡으면 옆 골목길을 택해서 돌아가도 능히 숙소는 찾을 수 있을 것이었다. 그럼에도 아이는 서둘렀다. 배터리가 소진되면 멈추는 로봇이라도 되는 양. 옛사람에 속하는 나는 지도 없이도 감각으로 한 번 간 길은 되돌아 찾아갈 수 있는 법을 배우고 자랐으니 걱정할 필요가 없었지만 구글 맵을 신봉하는 아이의 근심을 지울 수는 없어 서둘며 보조를 맞췄다.

소피아의 집 주인은 인테리어로 판단하건대 무척이나 감각적이고 현대적이며 개방적인 성향의 사람, 안목이 높은 여인이다. 9월 초하루, 토요일 저녁에 이 편안하고 안락한 집안에서 정리를 했다. 여행 중 정리라고 하면 헝클어진 옷장 정리하듯 트렁크를 재정비하고, 여행 일정을 조정하며 스케줄을 관리하고, 관찰하고 발견하고 생각한 것들을 메모하는 것을 말한다.

거실과 부엌을 오갔고 간단히 토마토 소스 스파게티를 해먹었다. 해야 할 것을 하고 주변 정리를 마친 후 집주인이 준비해둔 종이 지도를 들여다봤다. 종이 지도는 어느 도시의 인포메이션 센터에서 주는 것과는 차원이 달랐다. 이 지도는 일러스트레이션으로 시각적 아름다움뿐만 아니라 도시의 '깨알' 정보, 인간적 소통의 기쁨을 주었다. 나는 종이와의 소통을 즐겼다.

30년 전에 여행했던 대로 나는 습관적으로 기차역이나 공항에 도착하면 여전히 종이 지도를 먼저 구했다. 종이 지도를 손에 쥐고 동서남북 속에서 숙소와 주요 방문지와 나의 위치를 파악하고 이동 거리, 공간을 머릿속에 넣어두어야 했고, 가방 안에 지도 한 장을 넣어야 안심했다. 이렇게 말하면 구세대이므로 앱을 사용하지 못하냐고 하겠지만 꼭 그런 것은 아니다. 구글 맵은 편하면서도 왠지 불편하다. 게다가 나는 종이 지도 마니아로 여행했던 젊은 날에 대한 추억을 못 잊는 사람이다. 이번 여행에서 다시 그 맛을 곱씹어보겠다고 다짐했다.

내게는 골치 아픈 문제가 하나 더 있다. 고도 근시와 저도 근시 안경을 번갈아 써야 하고 강한 햇살 아래서 선글라스도 써야 하는 나는 안경을 다 벗어도 폰과의 적당한 거리를(겨우 15cm 정도) 잘 맞추지 않으면 구글 맵은 보이지 않는다. 코앞에 대고 폰을 보는 장면을 누구에게도 들키고 싶지 않은 이 마음을 누가 알까. 마음이 급할 때, 땀이 뚝뚝 떨어질 때는 그마저도 금세 보이지 않는다. 그러니 새로 도착하는 지역의 지리를 머릿속에 입력해두어야 지도 없이도 익혀둔 지형지물을 파악하며 나다닐 수가 있다.

아이는 돌아오는 길에도 구글 앱을 켜고 나를 안전하게 호텔까지 '모시겠다는' 의지가 투철했지만 배터리가 나가는 순간이 가까워오면 충전할 장소를 찾아 동동거렸다. 맹목적으로 앱을 따라왔을 경우에 배터리가 방전되고 앱이 꺼지면 우리는 끈 잘린 마리오네

트처럼 무능하고 무기력하게 느껴졌다.

　이번 여행을 하면서 아이가 이렇게도 앱에 의존하는지 깜짝 놀랐다. 그들 세계의 문화이기 때문에 뭐라 할 수는 없는 노릇이었다. 배터리 방전이나 와이파이를 잡지 못할 경우에 대비해 나는 꾸준히 종이 지도를 챙겼다. 하루 전날 밤에 머릿속 가상 지도 위에 우리의 다음날 이동 좌표를 잡아두었다.

　아날로그로 디지털 시대에 대항하는 것이냐고 할 수도 있겠지만 무식한 방법이 가장 현명한 방법일 수 있다. 컴퓨터의 알고리즘 처리에 따라 답을 구하는 것처럼 나도 오감에 의해 축적된 경험치에 따른 알고리즘에 기대어 반응하는 것이다. 나는 여행하는 내내 컴퓨터 예약이 필요한 정도 이외에는 주로 인간 알고리즘을 따랐던 반면 아이는 스마트 폰의 알고리즘 처리 결과를 보다 더 신뢰했다. 30년의 간극은 이렇다.

　종이 종족 대 포노 사피엔스의 차이.

To 엄마

엄마 안녕! 에스토니아 탈린에서 보내는 엽서예요.

엄마는 고된 하루에 지쳐 단잠에 빠져 있어요.

나는 맥주를 마시며 엄마에게 엽서를 씁니다.

엄마와 00의 우당탕탕 여행(+우여곡절)이지만 즐거워요.

때로는 귀찮고 때로는 겁도 나지만

어느새 시간이 좀 지나 사진을 보면

또 그때가 그립더라고요. 불과 몇 달도 안 지났는데!

한국에 돌아가고 나면 이 여행에 대한 그리움이 더 커지겠죠?

후회 없는 여행을 하도록 노력해야겠습니다.

P.S. 여기는 요정들의 마을 같은 느낌이네요!

에스토니아 탈린에서 00이가. 2018 08 16

착륙,
다시 일상으로

한 달 요가, 치앙마이

반환점을 찍고 서울로 가는 도중에 따뜻한 태국에서 한 달 동안 머물기로 하고 인터넷 서치를 했다. 어느새 한 달 살기가 붐이었다. 게다가 치앙마이는 한 달 살기로 손꼽히는 도시 중 하나로 등극해 있었다. 친구 따라 강남 가는 것을 가장 싫어하지만 어찌 모양새는 유행을 따라가는 여행자가 되어버렸다.

나는 치앙라이, 아이는 치앙마이로 가자고 밀고 당기다가 '정답대로' 치앙마이가 결정되었다. 둘 다 가보지 않은 도시이므로 사실 느끼고 관찰하고 발견하는 새로운 경험을 안겨 줄 것이었다. 나는 좀더 시골스럽게 느껴지는 곳에도 가보고 싶었고 — 사실 치앙라이의 상황은 어떠한지 전혀 모르나 —
아이는 오지같이 느껴지는 곳은 원하지 않는다고 했다.

　나는 한 달 4주를 논, 물, 숲, 산 속에서 한적하게 지내도 좋
았다. 자동차가 다니지 않는 시골길을 따라 높이 선 야자수나
잔잔하게 물이 잠겨 있는 초록 논을 옆에 두고 자전거를 타보
는 것이 소원 중 하나였다. 사실 중학교 시절에 탄 뒤로 한 번
도 탄 적이 없었기 때문에 자전거를 제대로 탈 수 있을지는 의
문이었다. 아이는 현대 문명에 걸쳐 있는 도시를 분명하게 힘
주어 원했다.

　아이가 서너, 댓살 되었을 때부터 나는 아이에게 '타당한
이유'를 묻곤 했다. 뭔가를 갖고 싶다고 하면 "타당한 이유 세
가지만 말해보세요"라고 했다. 그때 아이는 명확히 '타당한'
의 의미를 알고 있었는지 모르겠지만 문맥상 이해하고 머리
에 송송 땀을 맺으며 요구한 세 가지 이유를 대려고 열심히 생
각했다. 생각하는 것이 중요했다.

　이번에도 아이는 치앙마이로 가고 싶은 타당하고 확고한
자신의 이유를 댔다. 그래서 밀고 당기는 도시 선택 게임은 금
세 끝나버렸다. 이유가 합당하고 긍정할 만해 아이의 의견을
따랐다.

한 달간 치앙마이에서 무엇을 할 것인가부터 생각했다. 짧게 머무는 도시에서는 관심이 가는 것을 경험하기에도 시간이 모자랐다. 한 달은 길다면 길었고 짧고 굵고 알차게 뭔가를 할 수 있는 필요충분한 시간이기도 했다. 요리? 도예? 요가? 셋을 우선 순위에 두었다. 그중 심신을 어루만져줄 요가로 결정했다.

엄마인 나는 뭐든 아이와 함께했으면 해서 아이에게도 요가를 권했다. 아이는 규칙적으로 가는 것은 거부하지만 어쩌다 한두 회는 따라나서겠다고 했다. 수긍했다. 기나긴 여행에서 서로 떨어져 있는 시간도 인정해야 하지만 그래도 조금 섭섭한 것은 사실이었다.

아침형 인간인 나는 새벽 어둠이 가시는 중에 일어나는 것을 즐기고 아이는 무척 늦게 자고 늦게 일어나는 올빼미형이다. 참새형인 나는 올빼미가 일어날 때까지 가만히 기다릴 수만은 없어 조급했다. 요가는 그런 조급함을 달래줄 오전 시간대 활동으로 안성맞춤이었다.

요가 한 달 권을 끊어 이틀에 한 회씩 초보자 시간인 아침 9시 첫 타임에 맞춰 참석했다. 신新 거주지역 님만해민의 숙소에서 요가 센터가 있는 구도심까지는 약 5km, 왕복 10km를 걸어 다녔다. 갈 때는 이 골목, 올 때는 저 골목을, 하루는 이쪽을 다음날은 저쪽을 택했다. 요가를 마치는 날에는 거의 모든 골목길을 손바닥에 훤히 놓을 정도로 파악하게 되었다.

치앙마이는 캐릭터와 그래피티의 도시이다. 카페와 상점 앞에는 업종을 상징적으로 표현하는 캐릭터 조형물이 서 있다. 까막눈이라도 업소의 컨셉트가 명확히 이해되었다. 사진을 찍으며 캐릭터를 하나하나 살펴보는 재미까지 얻으며 걸었다. 9회 요가 수강보다 하루 1만 몇천 보 걷기로 더 건강해졌을 수 있다.

아이가 함께하지 않는다고 해서 섭섭했던 마음은 골목길로 걸어나가면서 언제 그랬냐는 듯 사라졌다. 조금 미안하게도 홀가분하고 자유롭게 훨훨 걸었다. 이 길로 갈까 저 길로 갈까 상의하지 않고, 덥냐 힘드냐 묻지 않아도 되었고 무엇보다 내 발길이 끌리는 데로, 골목길 구석구석을 걷는 자유로움을 만끽했다.

그러다가도 집 가까이 돌아오는 길목에서는 아이를 만난다는 행복감에 발걸음이 더욱 빨라졌다. 서울에서도 그랬다. 잠시 떨어져 있거나 출장으로 장기간 멀어져 있다가 돌아올 때, 퇴근하는 길에, 아이를 마주하기 얼마 전의 기대지수는 항상 최고치를 기록하며 성급히 집 계단을 올랐다. 아이가 스물을 훨씬 넘어 성인이 되었는데 아직도 그러하다.

온라인상의 많은 요가원 중, 구도심에 자리해 걸어서 갈 수 있고 오래된 큰 정원과 심플한 단층 구옥에서 진행하는 요가 클래스를 선택했다. 정문을 넘어서면 온화한 작은 숲에 들어온 느낌이 여간 좋지 않았다. 수업 시간보다 일찍 온 사람들이 정원의 잔디를 조용히 맨발로 걸으며 명상에 빠져들었다. 왕초보인 나는 머쓱해져 기다리는 시간 동안 오래된 나무 의자에 앉아 나무 소리를 들었고 나뭇잎의 움직임을 관찰했다.

아무것도 안 해도 되는 순간에도 아무거라도 하려는 듯 눈과 귀를 가동시켰다. 주변 소리에 귀를 기울였다. 마른 낙엽이 바람과 함께 떨어지는 툭툭거림, 서울 집 창밖에서는 듣지 못했던 낯선 새의 지저귐, 대나무 잎사귀 부딪히는 소리, 아저씨의 마당 빗질 소리를 들으며 한참을 앉아 있었다. 이렇듯 밖은 평정한데 '나의 속'에는 수많은 생각의 파도가 쳤다.

숙소로 돌아온 이후의 남은 시간은 둘이 함께하는 시간이다. 잠시 떨어져 있는 시간이 남겨진 시간을 귀하게 보내는 활력소가 되었다.

릴렉스, 릴렉스

"릴렉~스, 릴렉~스, 흠······ 유어 페이스(your face)."

치앙마이의 요가 선생님이 조용하고 단호한 목소리로 거듭 릴렉스를 외쳤다. 시키는 대로 눈을 감은 채 나는 마룻바닥에 누워 있었다. 천장을 보고 누운 학생들 사이로 걷다가 유독 내 머리 옆에 멈춰 선 선생님은 릴렉스를 거듭 외쳤다. 눈을 감고 있었지만 그 목소리의 파장이 곧장 내 이마에 와 닿았으므로 나에게 하는 말임을 즉시 알아차렸다.

'릴렉스가 뭐가 어려워', 양팔과 다리를 가볍게 흔들며 릴 렉스에 임하는 자세를 다시 갖추었다. 선생님은 내 이마와 양

눈을 언급했다. 나는 열심히 릴렉스 하려고 애썼는데 릴렉스가 안 된다고 하시면 더는 어찌할지 모르겠다.

이마와 양눈의 힘을 빼는 것이 어렵기만 했다. 근육에 들어간 힘, 얼굴을 당기는 긴장감은 마음먹은 대로 풀어지지 않았다. 놀라웠다. 가장 쉬워야 할 것이 가장 어렵기만 했다. '릴렉스가 안 되는 사람? 릴렉스를 못 하는 사람?' 사실 이건 애써서 되는 일이 아니었다. 쉽지가 않았다. 지적을 당하고 보니 내가 매 순간 얼굴에 힘을 주고 살고 있었음을 느꼈다.

팽팽한 긴장이 몸에서 빠져나가는 기간을 충분히 보냈다. 7개월간 여행을 했고 치앙마이에서 한 달을 보내기로 했으며 모녀 여행은 끝을 향하고 있는 시점이었다. 떠나는 그 자체로 릴렉스가 되리라 생각했다. 그런데 거듭 릴렉스를 하라고만 선생님은 외쳤다. 나의 문제는 쉬고 누우면 릴렉스 되는 것이라고 믿는 데 있었다. 몸이 쉬지 않고 긴장의 연속 상태로 줄곧 살아왔으므로 굳어질 대로 굳어진 몸은 보자기 펴지듯 쉬이 펼쳐지지 않았다.

여행하면서 신경을 쓴다고 해도 다이내믹한 서울에서 쓰는 최고 레벨의 강도와는 비교할 수 없었다. '이 정도쯤이야' 하고 가뿐히 하루하루를 보냈다. 바닷가 모래사장에 발을 밀어

넣고 열 발가락을 부챗살처럼 폈고, 산 위에 올라 폐부의 찌꺼기까지 다 쏟아내도록 큰 숨을 내쉬었다. 절벽 위 바람에 내 안의 티끌이 쓸려나가도록 몸을 맡겼고 열기구에 올라 신새벽을 여는 태양을 마주했다.

여행 3~4개월이 지나니 손가락 마디마디, 관절 여기저기 쑤셨던 것이 일순간에 사라졌다. 단단히 막혔던 배수관이 단박에 뚫리듯 믿기지 않을 정도로 어느 날 손가락 끝으로 뭔가가 쑥 빠져나갔다. 그리고 몸이 가벼워졌다. 관절의 붓기도 편두통도 사라졌고 중간에 깨지 않고 잠을 자게 되었다. 개운한 잠이 무엇인지 말끔한 정신으로 깨어나는 것이 어떤 것인지 경험했다. 이 정도면 나의 전신은 녹진녹진하게 릴렉스 상태로 진입했다고 생각했다.

적어도 나의 외피는 그랬다. 그런데 작은 근육들, 가는 신경선은 평생 동안 쌓이고 굳어진 습관과 행태로 경직되어 있었다. 특히 양미간을 향해 오그라들어 뭉쳐진 것들을 풀어야 했다. 선생님의 말을 따라 눈에 힘을 빼고 ─ 사실 눈에 힘을 주고 살았는지도 몰랐었다 ─ 이마와 콧등 위에 쏠린 힘을 빼려고 했다. 그게 쉽지 않았다. 다음 시간에도 선생님은 내게만 "릴렉스"를 외쳤다. 한 달이 지났을 때 양미간의 힘이 겨우 조금 풀려지는 것을 느꼈다.

여행 초인 2월에 찍은 사진들을 들여다봤다. 8개월 차 여행자의 사진과 비교해보니 둘의 표정이 사뭇 다르다. 2월엔 전신이 경직된 다이내믹 시티 출신 도시인의 모습이라면 10월에는 한꺼풀을 벗겨낸 사람의 표정이다. 밝고 맑고 가볍고 쾌활함이 배어난다.

여행에서 돌아온 후 서울 생활 2년이 지났다. 아이는 취직했고 나는 내 일을 했다. 둘 다 바빴다. 다시 양미간에 힘이 들어갔다. 50분 일하고 10분 쉬고, 물을 마셔가며 일하고, 화장실도 가며 일하라는데 서울 생활은 쉬는 시간, 릴렉스 할 시간을 잊게 만든다. 그래도 여행 전과는 다른 삶을 살고 있다. 적어도 이마와 양미간에 주던 힘을 느끼고 뺄 줄은 알게 되었다.

치과의사 선생님은 힘주어 씹고 악 다물어 위 앞니가 점점 돌출하고 어금니에는 가는 금이 생긴다며 주의하라고 조언했다. 여전히 얼굴에서 힘을 빼야 할 곳이 한두 군데가 아니다. 양미간과 치아에 힘을 주며 자고 있는 나를 발견한다. 악몽을 꾼 것도 아닌데 얼굴이 경직되어 오그라들어 있다. 검지를 구부려 양미간을 문질러 풀어준다. 오늘도 마음을 다잡아본다. 긴장을 내려 놓기로⋯⋯.

약손, 엄마 손

엄마 손은 뭐든 하는 손이다. 어느 엄마라도 자식을 위해서는 그럴 것이다. 주름지고 뭉툭하고 마디에 통증을 느끼고 젊은 시절의 가락지가 들어가지 않게 되어도 '약손인 엄마손'은 뭐든 하는 손이다. 나의 엄마가 내게 그랬듯이 아이가 배가 아프다고 하면 연하디연한 아가의 배 위에 손바닥을 대고 빙빙 돌렸다. 그러면 온기가 흘렀고 아이는 스르륵 잠에 빠져들었다.

사람살이가 다 그렇겠지만 주어진 일이 어디 엄마의 책임뿐이랴. 사람의 일을 하다 보니 손바닥이 막일하는 빨간 면장갑처럼 메마르고 거칠어졌지만 아이가 "엄마, 이거"라고 내밀면 이미 긍정적인 답을 줄 태세로 눈길을 돌린다. 최근의 아동학대 관련 뉴스를 접하기 전까지 '모든 엄마들이 그렇겠지……'라고 생각했었다.

직장에서 습득하고 체득한 말투, 단어, 제스처 등은 집에서의 생활에서도 여실히 튀어나왔다. 아이는 어떤 때는 "기자들에게 하는 말투로 내게 말하지 말아달라"고 정색하고 요청했다. 급히 반성했다.

사실 잡지쟁이란 어떤 상황에서도 맡은 업무를 완수하고 무슨 일이 있어도 마감을 지켜야 하는 삶을 매달 살아나가는 사람들이다. 나는 그중 한 명이었다. 한겨울 동토凍土를 맨손으로 파서 기사 하나를 완성해야 한다면 그렇게라도 했을 사람들, 그렇게 프로그래밍된 사람들이었다. 그렇게 매일, 매달 연마되어 살다 보니 '해야 함'이라는 굳은살이 박혔다. 엄마라는 직업도 그런 굳은살이 붙게 했다. 해야 하면 하면 되지, 라는 굳은 살 말이다.

우리는 치앙마이 야시장으로 나갔다. 아이는 태국 스타일의 푸른색 원피스를 샀다. 치마 끝자락이 복숭아뼈까지 닿았다. 치맛단에 걸려 넘어지지 않도록 줄여야겠다 싶었는데 아니나 다를까. "어디 가서 줄이지?"라고 물었다. 다 큰 아이 앞에서 더 이상 잘난 척을 하지 말아야 하는데 나는 "가긴 어딜 가. 엄마가 해야지"라고 냉큼 뱉어버렸다.

사실 동네 상황도 모르는 해외에서 치맛단을 줄이는 사람을 찾으니 손바느질을 하는 게 더 빠를 것이라고 생각했다. 아이가 "엄마 할 줄 알아?"라고 물었고 나는 당당히 "할 줄 알지"라고 응했다. 근 8개월 동안 한 번도 꺼내 쓰지 않았던 바늘과 실을 꺼냈다.

"우와, 우리, 실, 바늘도 다 있구나."

아이가 감탄을 연발했다.

여행 중 실과 바늘을 사용할 일이 있을까 의심했으나 부피도 무게도 얼마 되지 않아 트렁크 한 구석에 챙겨 넣었다. 초등학교, 중학교 시절에 캠프를 가면 준비물로 양초와 성냥을 챙기는 것은 필수였던 시대를 살아왔으니 실과 바늘 챙기는 것 또한 기본이었다.

바느질과 다림질은 내가 언제나 어디서나 가장 멀리하고 싶은 일이다. 게다가 요즘은 눈도 잘 보이지 않고 손도 건조하기 때문에 더욱 그렇다. 직장에 다닐 적에는 바느질거리가 있으면 나의 엄마에게 끈끈한 목소리로 "엄마, 이게……" 하며 내밀었다. 나의 엄마도 직장생활을 오래 했지만, 나처럼 마지못해 꿰맨다는 식이 아니었다. 엄마의 바느질은 항상 곱고 예쁘고 정갈했다.

나는 그런 면에서 게으름쟁이다. 사실 92세인 엄마는 안경 없이도 신문의 잔글씨를 읽고 바늘귀에 실을 척 끼우니, 안경을 써도 잘 안 보이는 나보다 훨씬 나은 조건을 갖고 계신다. 그래서 몇 해 전까지만 해도 바느질거리는 엄마가 해주곤 했다.

전문가 솜씨는 아니라도 아이가 내밀었으니 내가 못할 쏘냐 싶어 폭도 넓은 플레어 스커트의 치맛단 줄이기에 도전했다. 바느질 솜씨는, 땡땡이치는 실력도 없던 터라 울며 겨자 먹기로 중학교 가사 시간에 꼬박 앉아 배운 결과이다. 실력을 쌓은 적은 없었다.

줄일 만큼 밑단 선을 다리면서 "냉수 한 잔 가져다 줄 사람?"이라고 외쳤다. 아이가 머리카락을 날리며 초스피드로 목을 축일 물잔을 내밀었다. 냉수 먹고 속 차리고 바느질에 임해야 했다. 나는 한 땀 한 땀 바느질을 할 터이니 한국 TV프로그램을 좀 골라보거라, 라고 청했다. 이런 단순 노동에는 단순한 프로가 딱 맞는다.

아이는 거부했다. 이유는 바느질이 삐뚤게 될까 우려해 집중해야 하니 못 틀겠다는 것이다. 허공에 흐르는 공기 소리를 들으며 새발뜨기로 단 줄이기를 완성했다. 마지막 한 땀 후 바늘을 내려놓고 등을 폈더니 등뼈가 우두둑하며 녹슨 깡통 소리를 냈다. 눈은 왜 이리 아프고 아른거리는지……. '하라면 한다'는 손을 앞으로는 많이 쉬게 해주어야겠다.

아이는 원피스를 입어보고 만족했다. 나는 상으로 커다란 뽀뽀를 두 번 받았다.

아이와 한 끼 나눔은

이틀에 한 번 꼴로 오전 시간에 요가 교습소에 가는 것 외에 치앙마이에서 특별히 구속받으며 할 일은 없었다. 그래도 매일 눈을 뜨면 오늘, 내일은 무엇을 할 것인가를 제안하고 상의했다.

여행 8개월 차에 들어서 아침형인 나는 오전 시간을 나름대로 홀로 보냈고 올빼미형인 아이는 늦게 잠을 잤다. 뭐 하는지는 들여다보고 물어보지 않았다. 여행을 서치하거나 노트북으로 영화를 보거나 서울의 친구들과 교류했을 것이다. 나는 서울이 어쩌거나 말거나 이 여행에 충실했다고 편히 말할 수는 없지만 그러고만 싶었다.

아침 겸 점심을 함께 한 후 오후, 저녁 시간을 둘이 돌아다녔다. 어둠이 내린 산꼭대기에서 금덩이처럼 노란 불빛을 발하는 도이 수텝 사원은 숙소에서 곧장 바라보였다. 우리는 안전하다고 느끼는 거리 외에는 밤에 나다니지 않았으므로 이 사원에도 한낮에 갔다. 눈이 부시도록 금빛 찬란한 사원의 탑, 정교한 불상들, 그 주위를 돌며 기원하는 신도들이 빚는 낯선 풍경에 숨마저 낮게 내쉬었다.

태국 도처에서 금으로 장식된 사원을 보며 사람들의 성심과 그들이 바치는 보시의 '무게'에 놀랐다. 금탑, 금부처에는 신심의 증표인 금종이가 붙고 또 붙었다. 반짝이면 반짝일수록 가슴 한편이 아려왔다.

치앙마이뿐만 아니라 태국의 거리 곳곳에 작든 크든 성소가 꾸며져 있다. 진심 어린 표정으로 단정하게 올라가 무릎을 꿇고 간절히 기도를 하거나 제물을 바치며 치성을 드리는 사람들을 목격할 때 그들이 모두 금종이를 구입할 만큼 경제적으로 부유하지만은 않다는 생각을 했다. 물론 금종이 한 장은 금을 매우 얇게 펴서 금 한 돈의 가격을 호가하지는 않겠지만 말이다.

그랩을 불러 타고 올라갔다가 어스름해질 무렵 내려올 때는 줄지어 서 있는 썽태우에 올라탔다. 미니 트럭을 개조해 좌우 일렬로 마주보고 앉는 흔한 대중교통 수단이다. 창은 뚫려 있고 문은 따로 없었으며 차량 뒤쪽 뚫린 공간이 오르고 내리는 주 출입구였다. 도심에 가까워질수록 열린 차창으로 매연이 몰아쳤다.

더위에 지쳐 돌아왔을 때 힘들면 해먹지 말고 나가서 먹자고 아이가 제안했다. 사 먹고 싶을 때는 식당을 찾지만 굳이 나가서 뭔가를 먹고 싶은 마음이 없을 때도 있다. 이동하면서 여행하고 한 장소에 오래 머물다 보면 처음에 신기하고 맛나던 음식도 대동소이하고 맛도 종류도 거기서 거기다 싶다. 이런 날은 소박하나마 간단히 만들어 먹어도 좋았다.

호텔에서와는 달리 에어비앤비 숙소나 작은 부엌이 딸린 레지던스를 구하면 대단한 상차림은 아니라도 내 입맛에 맞는 식사를 준비해 먹을 수 있어서 속이 편했다. '귀찮아서'라는 이유로 외식을 하는 것은 아니다. 귀찮기는…….

사실 아이가 태어나고부터 지금까지, 직장 생활을 하면서 얼마나 동동 뛰며 살아왔던가. 그 힘겹던 젊은 시절에는 귀가해 곧장 부엌으로 들어갔던 수많은 매일을 보냈다. 그래도 귀찮아서 안 해 먹였던 기억은 없다.

엄마가 힘들까 우려해 제안했겠지만 아파서 음식을 만들지 못하는 경우는 있어도 아이와 함께하는 식사 준비가 귀찮기 때문에 외식을 하는 것은 쉽게 용납할 수가 없었다. MSG를 넣지 않고 소금, 마늘, 양파, 토마토, 푸성귀, 고기, 계란으로 준비하는 소찬을 엄마 손으로 만들어 함께 먹는 기쁨이 오히려 컸다.

지나온 생뿐만 아니라 앞으로 살아갈 나날 중, 특히 서울로 돌아간 후에, 둘이 앉아 식사를 나눌 수 있는 끼니가 몇 회나 되겠나. 매번 찾아오는 한 끼 나눔은 더할 수 없이 소중했다. 귀찮다고 빗겨나갈 수 없었다.

우리는 몇 개 되지 않는 그릇에 한두 가지 음식을 준비해 반씩 나눴다. 그 시간을 나누고 즐겼다. 무엇보다 내가 만든 음식이 내 입에 딱 맞고 나는 맛있다.

야, 너, 니

이번 여행의 끝이 보였다. 지난 2월부터 찍은 사진들을 들여다봤다. 풍경 사진 속에 아이가 들어 있다. 살짝살짝 몰래 찍었다. 아이에게 들키면 사진을 못생기게 찍는다며 툴툴댔다. 그러니 사진이 많지 않다. 아이도 나 몰래 스냅 사진을 찍어 내가 평생 찍은 사진보다도 훨씬 많은 사진을 카톡으로 보내주었다.

2월의 아이 표정과 10월의 표정이 사뭇 다르다. 경직된 얼굴 라인은 부드러워지고 부정적인 찌꺼기들은 모두 떨어져 나갔다고나 할까. 그 이유는 '여행을 떠났더니 다 좋아졌더라'는 아니다. 그 한 가지보다는 좀더 복합적인 이유 때문일 것이다.

누가 옆에서 들으면 우리 둘 사이는 서로 모르는 사이인가 할지 모르겠으나 나는 아이가 태어났을 때부터 존댓말을 썼다. 아이에게는 내게 존댓말을 쓰라고 강요하지 않았다. 아이는 내게 반말을 썼고 그 친근함이 좋았다.

나는 아이에게 '야'라고 부르거나 '너'라는 주격 명사를 사용하지 않았고 '니'라는 어미를 쓰지 않았다. '야'로 시작하면 거친 언어가 입에서 따라나올 것이고 '너'라고 하면 상하 계급이 분명히 정해져서 아이는 영원히 한 단계 낮은 종속 계급에 속하게 될 것이다. '니'로 말을 마치는 의문문은 억양에 따라 달라지겠지만 뭔가 따져들며 책임을 추궁하는 내용의 대사로 이어질 우려가 있었다.

26년 전 어느 날, 한 아기 인간이 우리 집에 출현했다. 엄마가 되는 법을 배운 적도 없는데 뚝하고 하늘에서 떨어져 내려왔다. 작게 태어난 아이는 한 손바닥 위에 충분히 올려졌다. 그렇게 올려놓은 첫날, 내려다보며 이 작은 인간을 어떻게 키워야 하나 고민했다. '인간'이 되도록 키우는, 내게 주어진 임무를 완성하려면 인간 대 인간으로 존중해야 했다. 나보다 낮은 계급에 속하지도 나의 소유물도 아닌 이 작은 인간을 키우는 동안 존댓말을 하기로 했다.

여행하면서 우리는 보이지 않는 벽 몇 개는 허물었고 속속들이 좀더 서로를 알게 되었으며 나이를 떠나 모녀라는 지위를 벗어나 친구가 되었다. 엄마와 딸 사이는 친구가 될 수 있다는 말들을 하지만 사실 정말로 친구가 되기는 쉽지 않다.

아이가 중학생 때 "친구라면서 친구 아나!"라고 뾰로통해서 내뱉은 말이 아직도 기억난다. 엄마와 딸, 어른과 아이, 강약으로 구분되는 계급에 따라 아이를 대하지 않고 동등하게 대하려고 했던 내게는 충격적인 발언이었다. 그때 우리가 흔히 얘기하는 '모녀 친구' 관계에 대해 다시 생각하기 시작했다. 말만 그렇지 결코 친구가 될 수 없는 관계였던 것은 아닐까 하고.

별칭으로 딸아이를 진쫑이라 불렀는데 이번 여행을 하면서 진쫑이는 자연스럽게 나를 '상동'이라 부르기 시작했다. 처음에는 웃었고 이후에는 내버려두었다. "상동이 조심해야짓!" "계란 한 알은 상동이 꺼"라고 챙겨주었다. 시작은 장난이었는데 서서히 그 호칭이 둘 사이에 굳어져갔다. 나의 존댓말도 조금씩 옅어졌다. 올해 완전히 친구 '먹게 되면서' 존대

어에서 많이 벗어났다.

아이가 태어나던 해 나도 한 살이었다. 아이를 통해 기억에서 사라진 나의 새로운 다섯 살, 열 살을 경험했다. 2018년 여행지에서 둘이 스무다섯 살을 맞기까지 나는 아이와 함께 자랐고 삶을 곱씹었다. 다가오는 매일의 하루는 내게도 새 날이었고 새 경험이었다. 아이의 시각에 맞춰 바라보면서 새로운 세계를 배웠다. 아이는 커가고 나는 흰 머리카락이 반짝인다. 아이는 홀로 설 준비가 확고히 되었으며 우리는 서로 반말을 하는 친구 사이가 되었다.

베란다

홍콩, 타이페이, 오키나와, 후쿠오카, 두바이를 지나고 유럽 대륙을 밟았다. 불가리아 소피아의 아파트에 묵게 되었을 때 집주인 반야는 꼭 베란다에 나가 앉는 시간을 즐기라고 했다. 그 말을 몇 차례나 거듭 강조했다. 풍요로운 삶의 시간 한 조각을 온전히 내 것으로 만들라는 의미로 진지하게 받아들였다.

나이가 1세기도 더 된, 전형적인 유럽 스타일의 이 아파트는 도로의 코너를 끼고 있었다. 코너는 호弧 형태의 난간을 지닌 자그마한 베란다가 차지했다. 베란다에 서면 건물을 감싸는 삼거리가 내려다보였다. 집 건너편에는 군軍 박물관과 우리 시각으로 숲이라고 불릴 정도의 거대하고 매우 오래된 공원이 있어 초록 물결이 장관을 이뤘다. 가을 초엽을 예고하는 마른 플라타너스 잎이 굴렀다. 반야의 말대로 머무는 나날 동안 베란다에 앉아 느긋함에 녹아들기로 굳게 마음먹었다.

여행업에 종사하는 반야는 소피아 시내의 전망 좋은 아파트를 할머니로부터 물려받았다. 베란다에 대한 예찬과 더불어 그녀가 부르짖다시피 강조한 것은 100살도 더 된, 원형 나무 엘리베이터이다. 반드시 이용하고 감상하라는 것이었다. 그녀는 또한 몇 차례나 엘리베이터는 '슈나이더Schneider' 회사 제품임을 강조했다. 역사와 전통의 슈나이더란 말이다. 철문을 열고 반원 모양의 나무 미닫이 문을 양쪽으로 밀어 열고 안으로 들어가 닫아야 했다. 엘리베이터를 둘러싸며 설치된 대리석 계단은 달팽이처럼 둥글게 말려 올라갔다.

떠나는 날이 되었을 때 베란다에 한 번도 나가지 못했음에 집주인에게가 아니라 내게 미안했다. 초록 내음을 타고 상당수의 노린재가 집안으로 침입해 베란다로 연결된 프랑스식 키 큰 창문을 열어둘 수가 없었다, 라고 한다면 궁색한 변명과 핑계에 지나지 않는다.

솔직히 말하면 해가 떠 있는 동안에는 이 도시를 걸었다. 어둑해질 무렵에야 돌아와 집안을 즐겼다. 집안 복도와 욕실 벽은 은은한 노란 불빛이 유연히 흐르는 곡선으로 되어 있다. 원통형 엘리베이터와 원형 계단에 이어 집 내부는 곡선 구조이다. 복도와 욕실의 대리석 바닥은 우주 행성의 궤도처럼 타원이 겹쳐진 문양이다. 욕실의 샤워 부스와 양변기도 둥그스름한 형태였다. 부엌은 모던했고 노르스름한 조명은 서 있는 사람을 은은하게 감쌌다.

우리는 집안에서 간단하게 식사도 했고 여행 메모도 하고 다음 행선지를 찾기도 했다. 집안은 즐기기에 퍽이나 안락해 베란다로 나갈 이유를 솔직히 찾지 못했다. 습관의 문제도 있을 것이다. 나는 자연과 접하는 베란다가 없는 초고층 현대식 아파트에는 살 수 없다고 나 자신을 규정지은 사람이다. 그럼에도 돌이켜보니 서울에서 1년에 몇 차례나 우리 집 베란다에 나가 공기를 접했나 하면 열 손가락 안에 꼽을 정도다. 베란다에서 숨 쉴 10분도 하루 스케줄 안에 끼어주지 못했다.

문을 열고 나오자마자 자연을 접하는 브르테누, 블루아 등 몇몇 숙소를 제외하고 아테네, 암스테르담, 상트페테르부르크, 탈린, 프라하, 베오그라드의 숙소에는 작게든 크게든 베란다가 있었다. 비행 일정 때문에 아테네에서 주택의 한 개 층을 빌려 묵었을 때 집 주인인 코스타스 씨는 정성 들여 가꾼 정원에 나와 맘껏 즐기라고 몇 차례나 권했다. 그 눈빛에는 정원을 공들여 가꾼 자신에 대한 자부심이 그득했다.

　프라하의 현대식 아파트 숙소 주인인 사진가는 명상에 취해 있었는데 간이침대와 초, 작은 부처 상으로 꾸민 젠 스타일의 베란다에서 쉬라고 했다. 탈린의 집 주인 카틀린은 초록 인조 잔디를 깔고 모던한 디자인의 앙증맞은 테이블과 의자를 둔 베란다를, 집을 소개할 때 빠트리지 않았다. 그 베란다에 서면 대형 크루즈선이 정박하는 부두와 재빨리 흘러가는 푸른 하늘의 흰 구름이 도드라지게 초현실적으로 보여 생경한 세계로 인도했다.

　상트페테르부르크의 올가 네 베란다에서는 중정이 보였고 건너편 아파트 주민들의 움직임이 내는 소리가 들렸다. 소피아나 베오그라드의 골목길을 걷다 보면 한 평의 반도 안 되는 작은 베란다에서 오후, 밤 시간대를 즐기는 사람들을 목격했다. 와인을 마시며 대화를 나누거나, 늘어져 햇살을 쬐거나 책을 읽거나 아이들은 소꿉장난을 했다.

생 폴 드 방스, 3개 층을 통째로 썼던, 아주 아주 오래된 작은 돌집, 로마 시대부터 존재했을 이 집에는 베란다는 없었지만 현관을 열면 앞마당 같은 골목길이 조용히 펼쳐졌다. 현관 옆 돌벽에 접이철제 의자를 걸어놓은 주인 제시카는 의자를 집 앞 골목 터에 내놓고 앉아 쉬다가 잊지 말고 의자를 꼭 들여올 것을 당부했다.

서울촌뜨기인 우리는 골목길에 나앉는 행동을 해 본 적이 없었다. 살아온 대로 산다고 우리는 도회적이라서 그 현관 앞 길바닥에 나앉지 않았다. 영 어색했고 게다가 로마 시대 흔적을 따라 걷는 관광객들의 그림자가 창문에 비쳤으므로 서로가 서로를 관찰하는 존재가 되고 싶지는 않았다.

따지고 보면 이 여행도 나름대로 '바빠서' 그냥 베란다에 나가앉을 시간은 없었다. 아 그리고 보니 여행 초기에 하롱베이에서 크루즈를 탈 때 바다를 보며 룸에 딸린 베란다를 즐겼다. 2박 3일 동안 갇혀 있던 배에서 움직일 곳이 한정되어 있었으므로, 그리고 바다를 보며 그렇게 앉아 무한한 쉼을 즐겨 보고 싶었기에.

손길을 주지 못한 소피아의 베란다에게 미안함을 대신해 짐을 들고 떠나기 직전에 주인 반야가 거실 테이블에 놔둔 불가리아 항공 사진집을 다시 천천히 봤다. 알렉산더 이바노브의 사진들, 신과 인간이 창조한 최고의 아름다움을 보면서 반성과 결심을 했다. 서울에 가면 아이와 베란다에 앉아 차도 마시고 눈도 쉬겠다고 말이다.

2020년, 나는 무던히도 베란다에 나가려고 애썼다. 여행 중 걸었던 나와의 약속을 지키기 위해서 말이다. 그런데 나가 앉았다가도 할 일에 떠밀려 금세 후다닥 들어왔다. 서울살이는 늘 이렇게 시간에, 뭔가에 쫓기는지 마음이 부산스럽다. 아이와는 한 번도 베란다에 나가 느긋하게 마주 앉은 적이 없다. 서울 젊은이의 낮밤은 보기에도 다이내믹해 베란다에 설 시간조차 없다.

　나는 시간을 쪼개어 베란다에 서보려고 한다. 외부 공기 흐름, 자연을 접하는 최전선에서 호흡을 가다듬는다.

마지막 여행지, 제주

제주는 우리 여행의 마지막 장소였다. 도쿄 다음에 서울로 갈 것인가, 일본의 타 도시로 갈 것인가, 부산, 제주, 어디로 갈 것인가 고민하다 제주로 결정했다. 돌이켜보니 마무리 여행지로 탁월한 선택이었다.

11월의 제주는 춥지도 덥지도 않았고 각자 우리 자신에게로 조용히 침잠할 시간을 주었다. 지난 9개월을 돌아보게 했다. 270여 일은 벌써 멀어져 과거가 되었다. 나의 시선마저 타인의 시선이 되어 지난 시간을 들여다보게 했다. 버킷리스트를 실천했다는 완료의 기쁨, 흘려보낸 기간에 대한 멜랑콜리

한 그리움, 무사히 돌아왔다는 안도의 큰 숨, 며칠 후부터 다시 시작해야 하는 서울 생활에 대한 일종의 두려움이 한데 뒤섞여 미묘한 심리 상태가 되었다. 어찌할 바를 모르는 채 맴도는 여울물 같았다.

그럼에도 내가 느긋할 수 있었던 것은 지난 삶의 경험이 버텨주었기 때문일 것이다. 그런 거 있지 않은가. 해 보니 되더라, 이것도 했는데 그 다음에 뭐가 오든 해낼 수 있다는 그런 마음가짐. 감정이 올락볼락한 시기도 거쳤고 어떤 일에도 크게 당황하지 않게 되는 단계에 올라섰다고나 할까.

아버지는 돌아가시기 전에 10년을 병상에서 생활하셨다. 아버지 곁을 지키고 장례를 다 치르고 났을 때 나는 50세였고 이 과정을 모두 겪고 나서야 비로소, 어른이 된 기분이었다. 속살을 저미는 이 슬픔을 견뎌내고 장례를 준비하고 마무리하고, 모든 행정 처리를 하고, 딛고 일어서고 나서야 어른이 됨을 느꼈다. 그 전에 겪었던 모든 고난은 고난이 아니었다.

앞으로 닥칠 모든 경우를 다 헤쳐나갈 수 있으리라는 생각이 들었고 아버지가 한마디 유언도 남기지 못하고 떠나며 남겨준 용기였다. 모난 마음을 다독일 줄 알게 되었고 첨예한 대립을 하던 내적 사고는 유연해졌다. 속으로 "뭐 이런 거쯤이야" 할 수 있게 되었다.

삶은 계속 이어지지만 매일 똑같은 일은 일어나지 않았다. 지금도 매일 다른 일이 벌어져 해결해야만 한다. 이제 그러려니 한다. '어떡하지' 하며 발을 동동 구르고 속앓이 하는 대신 하나, 하나 해결해나가는 쾌감을 맛본다.

바닷바람을 맞으며 늦은 오후, 우리 둘의 긴 그림자를 눈앞에 드리우고 제주 해변 모래 사장을 걸었다. 아이가 물었다.

"내가 취직할 수 있을까?"

여행은 끝나가고 현실은 코앞에 다가왔다. 즉문에 즉답을 했다.

"그럼!"

그렇다. 안 될 게 뭔가. 아이가 고3일 때 이런 질문을 했다.

"내가 갈 학교가 있을까?"

그때도 나의 답은 같았다.

"그럼, 이 지구상에 아이 한 명이 갈 학교가 없을까 봐."

남의 큼지막한 떡을 바라만 보고 있으면 침을 삼키고 앉아 있겠지만, 누구를 위한 떡도 아닌, 나를 위한, 나를 행복하게 할 소박한 내 떡은 시도하면 손안에 들어온다. 문제는 생각의 한계이다. 생각이 쳐놓은 작은 그물 안에 머물면 우리는 언제나 내가 쳐놓은 한계, 그 덫에 걸린다. 생각을 확장하는 만큼 활동 범위는 무한정 넓혀지고 '나'를 향한 가능성이 확대된다, 라고 나는 믿는다. 살아보니 그러했다. 물론 어른이 된 후 뒤늦게 깨달았지만 말이다.

아이는 서울로 돌아와 친구 소개로 동대문 밤 시장에서 아르바이트로 사회생활을 시작했다. 결정하기 전 아이는 내게 물었다.

"동대문 시장에서 일해도 괜찮아? 다른 지인들의 자식들이 이름 있는 유명 회사에 취직했다고 자랑하면 엄마 면面이 상하지 않을까?"

면? 아이는 왜 나의 면을 먼저 떠올렸을까. 긴 물음에 짧은 즉답을 했다.

"돈 워리. 남의 시선이 무슨 상관?"

대학이 미래의 안전한 해법이 아니듯 대기업 취업 또한 마찬가지다. 평생 보장, 멋진 직장은 영원하지 않을 뿐더러 존재하지 않는다. 내가 멋지게 재미나게 활동하는 직장이 멋진 삶의 터이다. 30대가 지나서는 감히 도전할 수 없는, 어디에도 비할 수 없는 값진 경험을 20대에 시도할 수 있는 것, 뭐든 할 수 있는 20대가 값진 이유다. 다양한 경험과 다양한 사람들의 삶을 체험하고 쌓아가는 것이 기나긴 인생길에 중요한 자산이 될 것이라 믿었다. 최종 판단과 결정은 아이가 했다.

　아이는 저녁 7시에 출근하고 아침 6시경 퇴근하는 생활을 6개월 동안 했다. 나는 적어도 1년은 버티기를 바랐으나 경험해보니 동대문에서 사업할 목적이 아니라면 6개월 경험이면 충분하다고 판단했다고 말했다. 반대할 이유는 없었다. 이제는 온전히 아이가 이끌어가는 자신의 인생이므로 선택과 결정은 아이가 한다.

　이후 한 달여를 쉬는 동안 우리는 여행 때처럼 카페도 같이 다니고 산책을 함께했다. 멀리 떠나서가 여행이 아니라 인생이 여행 자체였다. 어디에 서 있든 여행처럼 사는 삶은 재미를 더해갔다. '어디'라는 장소의 중요성보다 이 아이와 함께함이 소중했다.

　아이는 곧 이어 취직을 했다. 무작정 이력서를 보냈고 우연히 부름을 받았으며 면접을 보고 출근하게 되었다. 쉼은 짧았다. 우리는 예전에 내가 직장생활하고 아이가 학교에 다닐 때처럼 서로의 스케줄을 확인하고 영화라도 보려면 의식을 하고 예약을 해야 만나는 도시의 삶으로 들어왔다.

　그래도 그 삶은 여행 전과 같지 않았다. 대학 시절의 소소한 아르바이트, 치열한 동대문 시장에서의 경험, 잡지사에서 겨우 두 달의 어시스턴트 생활이라는 불안정한 신분의 증거를 통해 초년병인 아이는 사회, 조직, 시스템, 동료가 무엇인지 깨닫기에 필요충분한 단계를 조금씩 거쳐갔다.

요즘 아이를 쳐다보면 아직 새 회사 생활이 1년도 안 되었건만 몇 년은 다닌 듯 능숙한 직원의 모습이다. 직장 생활 초기의 서먹함, 어색함을 건너뛴 듯하다. 아이에게 물었다.

"이런 익숙함이 어찌 가능하지?"

아이는 즉시 대답했다.

"동대문 시장, 잡지사 어시스턴트 생활, 비록 짧았어도 진한 경험이 바탕이 되었나 봐."

그렇다. 지난 경험은 한 개도 버릴 것 없이 앞으로 나아갈 때 다 유용하다. 심지어 떼어내버리고 싶은 실패와 오류로 점철된 '흑역사'들마저도. 담설전정擔雪填井, 이번 여행 동안 끼고 살아갈 우물의 틀을 만들었다면 앞으로 지식, 정보, 경험의 다양한 '눈뭉치'를 이 우물에 끊임없이 퍼 담아 넣어가기를 바란다.

이소작전 무사완료 離巢作戰 無事完了

2018년 2월 6일, 25세의 생일을 이틀 넘긴 딸아이와 떠난 세상. 어떤 일이 벌어질지 아무런 예측을 할 수 없는 미지의 세계로 트렁크를 끌고 새벽 길을 떠났다.

우리는 1993년 2월 4일부터 여행을 떠나기 전까지 9127일을 함께 살았고, 여행 동안에 일, 시간, 분, 초로 따져보면 275일, 6600시간, 39만 6000분, 2376만 초동안 붙어 다녔다. 우리는 함께 23개국, 43개 도시의 길을 걸었다. 얼마나 많은 나라와 도시를 다녔는가 하는 숫자는 중요하지 않다. 가고픈 곳으로 여행을 하며 나아가다 보니 그만큼의 숫자가 쌓였다.

어미 새는 알에서 깨어난 새가 홀로 서도록 이소작전離巢作戰을 편다. 아기 새의 배냇털이 다 빠지고 둥지를 떠나야 할 때가 오면 어미 새는 아기 새가 둥지를 박차고 날아가게끔 어느 정도 거리를 두고 유도하며 기다린다.

마지막 여행지인 제주를 거쳐 딸아이와 매일 24시간씩 함께했던 275일간의 조금 긴 여행에서 돌아왔다. 그리고 절대 낯설지 않은 서울에서 낯선 삶, 이전과는 같지 않은 삶이 지속되었다.

딸아이와 나는 '엄마vs딸' '아날로그vs디지털' '베이비붐vs밀레니얼' '반백년vs사반세기' 'Rising Moon vs Rising Sun' 'Hot vs Cold' '채소vs 고기' '종이 지도 vs 구글 맵' '감感 vs 구글 신神' '1982 vs 2012'······ 수많은 'vs'로 떠났다가 각과 합이 더욱 잘 맞는 '팀원', '듀오', '오랜 친구'로 돌아왔다.

이제 우리는 새로이 그어진 출발선상에 섰고 서로를 밀어주고 이끌어주는 상호보완적이며 실질적으로 동등한 두 개체가 되었다.

365일로 기획한 '모녀여행'은 아이가 홀로서기 직전의, 그리고 홀로서기 위한 이소작전이었다. 지난 24년 동안 함께 살면서 물고기를 잡아 안겨주기보다 낚싯대 사용법과 낚시질하는 법을 가르쳐주려고 무던히도 애썼다. 남들이 모두 가는 길이 꼭 따라가야 하는 '정도正道'가 아니고, 남들이 다 가는 길과는 다른 좁은 길을 선택할 수 있으며, 다수가 무의미한 'Yes'를 말할 때 의미 있는 'No'를 말하고 잠시 숨을 고르며 멈추어 서도 긴 인생길에 큰일이 일어나지 않는다는 것을 보여주고 싶었다.

길이 끊겼다면 또 다른 길이 열릴 것이니 미리 큰 걱정과 근심을 하지 않아도 되는 세상 이치를 이해하기 바랐다. 다만 눈앞에 가로막고 서있는 플랫폼 9와 3/4의 벽을 카트로 밀고 지나갈 해리 포터의 용기가 매 순간 필요할 것이다.

거저 주어지는 것은 세상에 한 개도 없다. 반백 년 살아보니 인생이 그러했다. '나의 스타일 대로, 나의 템포에 맞춰, 나의 생각대로' 살아가며 행복하게 길을 걸어나가길 바란다. 정해진 트렌드를 따라가느라 애쓸 것은 없다. '내'가 걸어간 자리가 하나의 트렌드가 될 것이다.

스무해 넘게 동고동락한 엄마인 나는 세상을 향해 열린 하나의 작은 창이었을 뿐이다. 직업상 만나는 다양한 직군의 사람들, 인터뷰이들, 새로이 출시하는 브랜드 제품, 포장과 디자인, 매치된 컬러, 문구…… 매일 경험하고 받았던 '인상', '감상'을 아이에게 전달했었다. 세상에 각양각색의 창이 존재함을 보여주고 엄마라는 창을 통해 간접 경험했으면 했다.

어미는 더 이상, 부르면 초음속으로 달려가는 마징가 Z가 아니다. 녹슬어가는 마징가 Z이다. 어미 외에 사람이라는 수많은 창을 통해 만화경 같은 세상을 볼 수 있을 것이다. 이제 또 다른 세상은 다른 사람들, 제 1, 제 2, 제 3의 멘토와 넓혀갈 것이다. 최후의 보루인 엄마는 《아낌없이 주는 나무》처럼 언제나 '여기'에 있다. 언제나 찾아와 쉴 수 있는, 보듬음을 받을 수 있는 하나의 그루터기로 남아 있을 것이다.

지난 6600시간 동안 '세상에서 낚시하는 법'의 '완전정복 종합편'을 다 보여주었고 더 이상 가르칠 것이 없을 만큼 아이는 성장했다. 조금 늦은 감이 없지 않으나 어미의 산에서 아이가 하산할 때가 왔다. 이번 모녀여행의 작전 명命, '이소작전'은 무리 없이 진행되었다. 이제 둥지를 박차고 넓은 세상으로 날아가도 무방하겠다. 어미도 어미 앞의 남은 생을 향해 방향타를 다시 조정한다.

어렸고 젊었던 엄마도 두려움이 가득했으나 살아보니 세상은 그리 두렵기만 한 것은 아니더라! Good Luck To 친구!

트렁크 하나

9개월을 사는데 1인 1 트렁크면 족했다. 각자의 노트북을 넣은 백팩 하나씩, 트렁크 하나씩, 그리고 기내에 들고 들어가는 소형 보조 트렁크 하나, 여권과 지갑 등 당장 필요한 것들을 넣은 작은 크로스백을 들고 떠났다. 인천 공항에서 무게 오버로 10만 원이 넘는 비용을 지불하고는 면세점에서 짐을 분산해 넣을 기내용 트렁크를 하나 더 구입했다. 그래서 각자 큰 트렁크 하나씩과 작은 트렁크 하나씩 담당하게 되었다. 이 정도가 어느 항공사에서든 어느 정도(!) 허용되는 짐의 개수이다.

서울에서 떠나기 전에 옷, 구두, 가방, 스카프, 책, 그릇⋯⋯

많은 것을 덜어내며 정리했다. 가볍게 살자고 다짐했고 여행에서 돌아와서는 '퍼스널 라이트 & 심플 라이프 스타일 시스템'- 장난 삼아 말을 한 번 지어봤다 - 을 실천하겠다고 마음먹었다. 트렁크의 짐도 최대한 가볍게, 최소한으로 필요한 용품을 챙기는 규칙을 세웠다. 275일간의 생활을 위해 집에서처럼 이고지고 살 수 없는 일이라 가능한 한 줄인다고 했는데 그럼에도 버겁게 무거웠다.

트렁크에 내가 휘둘려서는 여행이 불가능했다. 수화물 컨베이어 벨트에서 내 트렁크는 내 힘으로 능숙하게 들어 내리려면 근육을 키워야 했지만 먼저 짐 무게를 줄여야 했다. 가뿐하게 들어 올리려면 13kg 정도가 적당하다고 생각했으나 여행 초기의 트렁크 무게는 23~25kg을 육박했다. 몸이 트렁크에 딸려 가는 꼴이 되었다.

비행기마다 제한하는 무게가 달랐다. 항공사와 저가항공사, 구매 티켓의 등급, 국내선과 국제선에 따라 25kg, 혹은 20kg으로 한정해 매번 비행기를 예약하고 결정할 때 허용 무게를 확인해야 했다. 황당하고 불편한 상황을 당하지 않으려면 미리미리 준비해 임전무퇴의 상태로 무장하고 나서야 공항에서 커피 한 잔의 여유로움을 그나마 즐길 수 있었다.

이 순간을 놓칠 수는 없었다. 한 장소에서의 마지막 여운을 최후까지 감상하기, 공항 카페에서 지나가는 여행자를 바라보며 마시는 이 한 잔은 빠트리면 섭섭한 즐거움 중 하나였다.

우리는 큰 트렁크를 20kg 이하로 맞추며 여행을 해나갔다. 서울에서 출발하기 전 아이의 짐을 점검하지는 않았다. 규칙만 말해주었다. 첫 도착지인 홍콩에 도착해 좁은 호텔 방, 입 벌린 키조개처럼 트렁크를 각자 열어 놓았는데 그 상이한 모습에 눈이 번쩍 뜨였다.

　내 가방의 4분의 1은, 어딜 그리 멀리 가냐며 우려하는 의사 선생님의 처방에 따라 준비한 약이 차지했다. 한눈에 보아도 나머지 짐과 경계를 이루는 그 선은 분명했다. 나머지는 무채색의 평범하고 편한 옷이 대부분이었다. 아이 가방의 4분의 1은 뷰티 케어를 위한 제품이 들어찼고, 4분의 3은 내 것과는 달리 컬러감을 더했다.

　내 눈을 의심했다. 뷰티 제품이 저리 많이 필요한가 의구심이 들었으나 뭐라고 했다가는 잔소리부터 시작한다고 여행 초기부터 흠집이 갈까 우려해 함구했다. 짐 꾸러미의 상이함만큼 우리는 달랐으며 한 핏줄인 만큼 교집합을 이루는 동질감의 폭 또한 넓었다. 아이도 나도 이 여행의 진행 규칙을 주지하고 있었고 할 말을 끝판까지 하지 않았으며 과도한(?) 소비를 지양했고 여행에 최적화된 삶에 금세 적응했다.

여행하면서 구입한 책이나 작은 기념품 등, 더 이상 필요 없는 짐의 일부를 이따금씩 서울로 보내고 나면 기내용 트렁크는 빈 채로 따라오기도 했다. 입던 티셔츠가 낡고 늘어지면 새로이 조달했다. 그럴 때마다 우리는 짐 무게를 심각히 고려했다. 100g이라도 늘어나지 않도록 유의했다.

추운 계절을 택하지 않고 여행을 했으므로 두꺼운 옷은 없었다. 비바람이 부는 날에는 반팔 셔츠 위에 V넥 스웨터를 껴입고 바람막이를 걸쳤다. 트렁크 안에서도 매번 입는 티셔츠만 입고 안 입는 녀석은 여전히 겉돌았다. 그러고 보면 트렁크는 20kg 훨씬 아래로 꾸릴 수 있을 것 같다. 서울 집 옷방에 있는 옷들 역시 훨씬 더 줄여도 될 성 싶다.

275일 동안 20kg의 트렁크 하나면 살아가기에 충분했다. 겨울옷이 여기에 보태지면 무게와 부피가 상승하겠지만 이 정도의 양으로 근 1년의 삶을 꾸려갈 수 있었다. 이번 여행은 이것이 가능함을 증명했다. 살아가는 데 많은 물건이 필요하지는 않음을.

다시 서울. 패션 소품이 된 에코백의 숫자가 늘어나 그 자체로 환경문제가 되는 지금, 물건 하나를 오래 재사용하는 가벼운 삶을 시작했다. 어깨나 손목을 힘겹게 하는 가죽 핸드백은 더 이상 살 필요가 없게 되었다. 고민할 필요 없이 매일 들고 나가는 나의 헝겊 가방은 십수 년 전에 선물 받은 가장 가벼운 것으로 정했다.

동남아시아의 푸드 트럭 주인장이 소스에 이르기까지 비닐 봉지를 총총 옭매서 음식을 완벽하게 싸주는 손놀림은 경이로웠으나 발걸음마다 채이는 플라스틱 용기와 바람에 날리는 비닐봉지의 침략은 목이 조여들 정도로 가히 위협적이었다.

서울에서는 나 홀로만이라도 플라스틱 제품을 더는 구입하지 않고 있는 것들을 최대한 많이 재사용하는 길을 택했다. 나이의 무게와 달리 무겁지 않게 버겁지 않게 더 가볍게 사는 방법을 다각도로 궁리하는 중이다.

생각, 생각, 생각

아이는 여행하면서 매 순간 무슨 생각을 했을까. 의식주를 만족시키는 기본적이며 반복적이고 단순한 생각 말고 스스로를 살찌우기 위한 생각 말이다. 43개 도시의 시공간에서 오감이 포착한 유무형의 모든 것들은 생각을 무한대로 늘여갈 단초가 될 것이다.

생각이란 노력하지 않으면 저절로 오지 않는다. 생각하지 않고 사는 사람에게 갑자기 창조적 아이디어를 내보라거나, 심지어 생각을 쥐어 짜보내라고 강요해도 생각은 '한 방울'도 나오지 않는 것은, 생각이란 부단한 연습을 통해서야 이루어지는 것이기 때문이다. 사람이 다 생각하며 사는데 그게 어렵냐고 하겠지만 솔직히 어렵다. 더군다나 창조적 생각을 하는 것은 무척이나 어려운 일이다. 그래서 창조적으로 뛰어난 인간은 소수인가 싶다.

275일간 입력된 정보의 '우물'은 보관만으로 효용 가치가 있는 것은 아니다. 되씹고 곱씹고 다듬어야 한다. 이후에 다가오는 삶 또한 매 순간 그러하다. 관찰하고 생각하고 결과를 도출하는 과정을 거쳐야 한다. 관찰 또한 신경을 쓰지 않으면 이루어지지 않는다. 무심코 버스 창밖에 시선을 두고 있다면 아무것도 보이지 않는다. 무엇을 봤던가? 무심無心하면 경험의 데이터를 수집할 수 없다. 마음을 두어야 한다. 호기심이 중요한 이유다. 호기심을 가지면 대상을 포착하고 관찰하고 그것에 대해 생각하게 된다.

　대상을 관찰한 후 다양한 입장과 방향에서 생각해야 한다. 생각은 단번에 이루어지지 않는다. 만화 〈아기곰 푸우〉에서 로빈은 "생각, 생각, 생각해야겠어"라고 단어를 세 번 반복하고 골똘히 생각에 잠긴다. 아주 오래 전에 봤던 그 장면이 잊혀지지 않는다. 아이가 어릴 때 나는 대화하면서 이 대사를 거듭 사용했었다. 이 각도, 저 방향에서, 타자가 되어, 그리고 제

3자 입장에서 거듭 생각하기, 생각을 연결하고 증폭시키기. 그렇게 생각을 삭힌 후 정리하고 결론을 도출시키는 습관 만들기는 살아가는 데 필요불가결한 하나의 축을 이룬다.

이번 여행을 생각의 과정을 연습하는 시험대로 삼았다. 275일 만에 처리하지 못할 정도로 어마어마한 양의 데이터가 오감을 통해 포착되었다. 어쩌면 인지하지 못한 상태일 수도 있다. 살아가며 생각거리로 불쑥 떠오를 것이고 때로는 '저장 우물'에서 언젠가 꺼내게 되리라 생각한다.

　낚싯대를 어디로 어떻게 던져야 할지, 물고기를 어떻게 잡아야 할지 고민할 때 밑밥처럼 활용될 것이라고 믿는다. 나아갈 방향을 모르고 방황할 때 스스로를 다잡고 삶의 길을 찾을 수 있는 연습은 275일로 충분할 것이다. 이제 세상으로 홀로 당당히 나가기만 하면 된다, 아이야!

다시 서울에서의 플랜

10대, 20대 30대를 지나면서 인생에 플랜을 세우지 않았다. 아니 플랜을 세운다는 생각조차 하지 못했다. 나의 아버지 말씀은 언제나 "성실하게 살아라"였다. 그러면 다 된다는 것이었다. 다양한 조언을 들었다면 적어도 여러 방향을 고민해봤을 것이다. 내가 아는 것은 '성실하게'였을 뿐이었다.

요즘 모교 대학생들의 멘토링 프로그램에서 멘토 활동을 하고 있다. 하면서 내게도 대학 시절에 멘토가 있었으면 좋았을 텐데, 다른 길로 갈 수도 있었을 텐데, 더 나은 방향을 선택할 수도 있었을 텐데, 더 많은 것을 이해하고 나아갈 수 있었을 텐데, 라는 무수한 가정법을 세웠다. 멘토가 충분히 되어줄 수 있었을 부모님은 성실히 외에는 별 말씀이 없었다.

잡지 기자 시절, 미국으로 영어 공부를 하러 간다는 방송인 박경림을 인터뷰했다. 2002~2003년 즈음으로 기억한다. 사실이든 진실이든 당시 이야기를 요약하면 다음과 같다.

"미국에 그냥 가는 게 아니고 내가 세운 플랜에 따라 실천하는 것이다. 3년, 5년…… 단위의 인생 계획을 세우고 그 계획에 따라, 계획에 맞춰 노력하는 것이다. 영어를 배우러 가는 것도 그런 플랜에 들어 있었다."

뭉툭한 둔기가 머리를 한 대 내려치는 기분이었다. 국가경제개발 5개년, 회사 전략 3개년 계획은 들어봤어도 어느 누구도 내게 인생 계획 3, 5, 10개년 계획을 세우라고는 알려주지 않았었다. 그렇다면 "왜 너 스스로 발견해 스스로 세우지, 이립而立에는 도대체 뭐 했냐"고 다그쳐 물을 수 있겠다.

살아가는 것은 늘 버거웠고 미련하게도 이립을 제대로 하지도 못했다. 그때는 모르는 게 참으로 많았다. 사실 불혹을 거치면서도 미혹되었고, 지천명에는 하늘의 뜻이 아니라 내게 주어진 지상 과제가 무언지조차 파악을 못한 듯했다. 매 순간을 갈급하게 보냈다.

인생은 성실하게 사는 것만으로는 부족했다. 40줄 끄트머리에서 나는 50대를 위한 계획을 첫 인생 플랜으로 세우기로 했다. 그때 그 순간에 박경림을 만나서 귀동냥을 하지 않았다면 뚜렷한 목적과 목표없이 나는 여전히 하루살이를 '성실하게' 실천하고 있을지 모르겠다.

당시 인터뷰를 진행하면서 40대부터 70대의 인터뷰이들에게 주제 외의 질문을 했다. 40대, 50대, 60대 그리고 70대에 들어서면 도대체 뭐가 기다리고 있는지, 무엇을 보았는지 미리 알고 싶었다. 그에 맞춰 인생 계획을 마땅하게 세우고 타당하게 준비하고자 했다. 답은 하나도 구하지 못했다. 지침이 될 정답은 없었다. 그래도 나는 50대를 위한 계획을 세웠다. 어쩌면 희망사항이라고 불릴지도 모르겠다. 젊은 시절에 허투루 보냈던 시간이 아까웠다. 남은 시간을 알차게, 밀도 있게 채워나가고자 마음먹었다.

아이와의 여행은 오래 품고 왔던 소망이었고 가장 실천하고자 했던 주제였다. 아이가 고등학교를 졸업하면 가야지 하고 세웠던 인생 계획 중 하나였다. 박경림의 몇 개년 인생 계획과 실천을 듣지 않았다면 어쩌면 이루지 못한 꿈으로 남아 있었을지 모르겠다. 세계여행이 가당하기나 해? 꿈속에서 가능하지, 라고 치부하며 살아갔을지 모르겠다. 플랜을 세우고 그에 따라 실천하는 의지가 삶을 풍요롭고 새롭게 함을 뒤늦게 깨달았다.

3개년, 5개년, 10개년 계획을 세우고 장기 계획 내의 단기 계획들을 수정해나간다. 나와는 무관한, 느닷없이 나타난 외부 요인들뿐만 아니라 내적 변화로 인해 지속적으로 계획을 수정하고 새로운 궤도를 그린다.

코로나는 뜬금없는 복병이었으며 우리의 다음 보충여행은 필연적 수정을 요구했다. 변수는 언제 어떤 형태로든 나타난다. 인생에 일직선 직진은 존재하지 않았다. 수정 계획에 따라 이리도 저리도 가는, 무엇이 닥칠지는 모르나, 올톡볼톡한 인생의 감칠맛을 이제야 제대로 느낀다.

삶의 왕도, 주거니 받거니

삶에 미리 정해진 정답은 없다. 어른이 되면 정답을 찾을 줄 알았다. 쉰을 넘어서면 평탄한 길을 평안히 걸을 것이라 상상했다. 각자 달리 생긴 것처럼 다른 길을, 자신만의 길을 걷는다. 이 쉽지 않은 길에서는 왕도가 없다는 것을 아는 것이 왕도이며 황금열쇠가 없다는 것을 아는 것이 삶을 여는 열쇠를 손에 쥐는 것이다. 이번 여행을 하면서 더욱 그렇게 느껴졌다.

나는 《시크릿》이라는 책이 나왔을 때 '왕도'를 찾고 있었다. 그래서 시중에 책이 나오자마자 구입해서 읽었다. 몇 페이지를 읽으니 내가 생각했던 비밀의 정답은 나타날 기미가 보이지 않았다. 중간 부분을 읽었고 후딱 넘겨서 마지막 페이지들을 읽었다. 그리곤 침대에 던져버렸다. 속으로 '정답이 없잖아'를 외쳤다. 책의 제목이 나타내듯 삶의 비밀을 노출하는 은밀한 책인 줄 알았다. 같은 내용이 자꾸 반복되어 나왔다. 한 페이지로 정리하면 될 것을 뭐 이리 길게 중언부언 썼냐며 툴툴거렸다.

잡지 기자 시절, 삶을 미리 준비할 수 있는 지침서는 왜 없을까라고 자문했다. 연륜이 깊은 인터뷰이들에게 먼저 살아보니 무엇이 있더냐고 물었고 도달하기 전에 무엇을 준비하면 되냐고, 삶의 지름길, 왕도, 비밀을 물었다. 해답도 정답도 없었다. 미리 알 수 있는 것은 없었다. 다만 앞서 산 인생 선배가 자신의 경험치를 기준으로 아이들을 가르친다면 30년은 뒤진 정보로 자라날 아이들의 30년 미래를 포함해 총 60년을 뒤처지게 만들 것이라는 조언을 들었다.

길을 걸으며 살아가는 방법에 대해 아이와 이야기를 나눴다. 세상 어느 모녀 간의 대화에서처럼, 이럴 때는 어떻게 해? 돌아가서 취직이 안 되면 어쩌지? 따뜻한 차는 왜 마시지? 이 식물은 왜 먹지? 이 사람들은 왜 이렇게 행동해? 이건 뭐지? ……. 주변의 상황, 현상에 따라 자연스레 떠오르는 질문에 주거니 받거니 답을 하다 보면 결국 사람이 살아가는 법과 연결되었다.

'논했다'라고 표현하면 둘의 사이가 형식적인 관계로 구획될 듯하다. 크든 작든 최소한 하루에 하나 이상의 주제에 대해 그저 주거니 받거니 했다. 그 속에서 나도 아이도 서로에 대해, 주변과 상황, 세상에 대해 작은 뭔가를 발견했다. 매일, 5분, 10분······ 100번, 1만 번을 실행하는 것이 삶의 왕도라는 것이다.

정호승 시인이 성철 스님을 인터뷰할 때 좋은 사진은 많이 찍는 가운데 나온다고 설명했다. 스님께서는 그렇다면 천 번을 찍으라고 말씀하셨다, 라고 시인은 《내 인생에 용기가 되어준 한 마디》에서 회상했다. 사진을 천 번을 찍고, 실행이 10년 동안 쌓이면 길이 닦이고 열리는 것이 세상 진리임을 나는 아주 뒤늦게 깨달았다. 그것이 세상에서 실천하기 가장 어려운 일임을 또한 터득했다.

아이는 "헐, 알지만······"이라며 말꼬리를 흐렸다.

여행 그 후

여행은 하고 있을 때보다 다녀온 후, 더욱 감칠맛 나는 여운을 안긴다. 사실 이런 명제를 인정하고 싶지 않았는데 경험해보니 그랬다. 여행을 떠나기 전에는 기대감에 설레어 벚꽃잎 흩날리듯 살랑대는 옅은 감정에 사로잡힌다. 떠남, 일탈, 새로움에 대한 설익은 기대와 걱정, 그리고 준비 과정이 뒤섞인 혼돈의 상태로 들뜸을 맛본다. 현생의 모든 고난으로부터 벗어나 유토피아로 들어갈 것만 같은 착각으로 설렘 증후군을 즐긴다. 이런 맛은 가볍게 짜릿하다.

　여행하는 중에는 여행을 완수하느라 새로운 시공간에 놓인 자신과 주변과의 관계를 제대로 파악하지 못하고 지나간다. 여행을 마치고 돌아와 다시 음미할 때, 어느 순간 갑자기 떠오를 때, 바로 그때 살아나는 감동이 여행의 진미인가 싶다.

전율이 왼쪽 정강이부터 심장까지 타고 오를 때, 가슴 한구석이 찌르르 하고 울릴 때, 여행의 참맛을 곱씹게 된다. 사진을 펼쳐 보고 있으면 그곳에 '갔다, 보았다'라는 경험 한 치에 대한 뿌듯함으로 흐뭇하기보다 함께한 사람과의 시간이 주어졌음에 감사함이 앞선다.

나와 딸이 나눴던 시간, 2018년도 9개월 동안 생각과 말을 나누고, 그런 시간을 공유할 수 있었음에 감사한다.

직장생활로 바빴을 때 양적으로 많은 시간을 함께하지 못했지만 미안함은 갖지 않았다. 나는 밖에서 열심히 일했고 그 외의 모든 시간은 되도록 아이와 함께 보내려고 했다. 그러므로 짧은 시간이라도 질적으로 우수한 시간을 함께 보낸다는 자부심이 있었다. 이번 여행 동안 붙어 있는 경험을 하고 보니 질적으로 우수한 시간이 양적으로도 많았어야 했음을 알았다. 함께라서 행복했다. 아이를 위한 여행이 나를 위한 여행이 되어버렸다.

근 1년, 인생의 80 혹은 90분의 1이란 결코 짧다고 말할 수 없는 시간이다. 평균 수면 시간 26년, 잠 뒤척이기 7년, 하루 4시간씩 TV 등 대중 매체를 본다면 11년, 식사하기 4.4년, 빨래하기 3년, 인터넷 서핑에 5년…… 을 보낸다면 두 사람이 같은 공간에서 자고 하루 24시간 동안 붙어 있는 9개월의 시간은 무척이나 긴 시간이다. 아무런 제약과 제한 없이 우리 앞에 널려 있는 시간 속에서 나는 아이와 공유하는 1/n초마저 애틋했다.

지난 여행 시간은 되돌아보는 각도에 따라 이야깃거리가 달라진다. 여행하면서 오감으로 받아들인 매 순간의 인풋을 풀어내자면 적어도 다섯 배의 시간이 필요할 것이다. 되돌아보는 여행이 더욱 풍성해지는 까닭이다.

여행 이후 나는 아이가 바뀔 것이라고 생각했고 실제로 그러했다. 아이는 생각했던 것보다 훨씬, 다각도로 변한 모습을 내보였다. 한마디로 성장했다. 50여 년간의 경험이 거북이 등껍질처럼 단단히 누적된 나는 변하지 않을 줄 알았다. 아이를 위해 떠난 여행이므로 나는 소개자, 길 안내자이므로 변할 것이 없다고 생각했다. 그런데 이 여행은 나마저도 변화시켰다.

여행의 소중함은 되새김질할 때야 비로소 알아차린다. 그것은 여행을 가게 되어 기뻤다, 여행을 해서 즐거웠다, 와는 차원이 다른 내적 깨우침이다. 니코스 카잔차키스 뮤지엄에서 했던 아이의 말 "깨달음은 뒤늦게 오는 법이야"가 세상 이치인지 모르겠다. 이제라도 깨달음이 오면 다행이지 싶다. 그럼에도 '내가 지금 아는 것을 20대인 아이가 바로 지금 알았으면' 싶은 것이 어미의 속마음인가 보다.

노마드 모녀여행 이동 경로 – 43개 도시

○ 홍콩Hongkong (2월 6~9일)

    ○ 하노이Hanoi (2월 9~12일)

        ○ 하롱베이Halong Bay (2월 12~14일)

            ○ 후에Hué (2월 14~18일)

                ○ 다낭Da Nang (2월 18일)

                    ○ 호이안Hội An (2월 18~21일)

                ○ 호치민Hồ Chi Minh (2월 21~26일)

            ○ 프놈펜Phnom Penh (2월 26일~3월 1일)

        ○ 시엠립Siem Reap (3월 1~7일)

    ○ 방콕Bangkok (3월 7~12일)

○ 푸켓Phuket (3월 12~20일)

    ○ 오키나와Okinawa (3월 21~28일)

        ○ 후쿠오카Fukuoka (3월 28~31일)

            ○ 타이페이Taipei (3월 31 ~ 4월 4일)

                ○ 마닐라Manila (4월 4~8일)

                    ○ 두바이Dubai (4월 8~12일)

                ○ 아부다비Abu Dhabi (4월 12~17일)

            ○ 이스탄불Istanbul (4월 17~29일)

        ○ 카파도키아Cappadocia (4월 29~5월 6일)

    ○ 아테네Athens (5월 6~12일)

○ 크레타Crete (5월 12~16일)

    ○ 아테네Athens (5월 16~17일)

        ○ 로마Rome (5월 17~22일)

            ○ 피렌체Florence (5월 22~26일)

                ○ 밀라노Milano (5월 26~30일)

○ 니스Nice (5월 30 ~ 6월 2일)

　　○ 방스Vens (6월 2~6일)

　　　　○ 바르셀로나Barcelona (6월 6~10일)

　　　　　　○ 보르도Bordeaux (6월 10~15일)

　　　　　　　　○ 브르테누Bretenoux (6월 15~19일)

　　　　　　　　　　○ 블루아Blois (6월 19~23일)

　　　　　　　　○ 파리Paris (6월 23~30일)

　　　　　　○ 런던London (6월 30 ~ 7월 5일)

　　　　○ 암스테르담Amsterdam (7월 5~8일)

　　○ 베를린Berlin (7월 8~17일)

○ 모스크바Moscow (7월 17~31일)

　　○ 상트페테르부르크Saint Petersburg (7월 31 - 8월 13일)

　　　　○ 탈린Tallinn (8월 13~20일)

　　　　　　○ 프라하Praha (8월 20~25일)

　　　　　　　　○ 부다페스트Budapest (8월 25~31일)

　　　　　　　　　　○ 소피아Sofia (8월 31 ~ 9월 12일)

　　　　　　　　○ 베오그라드Belgrade (9월 12~27일)

　　　　　　○ 치앙마이Chiang Mai (9월 27 ~ 10월 24일)

　　　　○ 방콕Bangkok (10월 24~29일)

　　○ 도쿄Tokyo (10월 29 ~ 11월 3일)

○ 제주Jeju (11월 3~7일)

　　○ 서울 착 (11월 7일)

삶의 힘을 기르는, 책밥상의 책들

딱 1년만 쉬겠습니다 어른 그림책
격무에 지친 저승사자의 환골탈태 안식년 프로젝트

기꺼이, 이방인
수상한 사회학자, 천선영의 여름 두 달 대관령 일기

밥상의 말
파리의 감성좌파 목수정, 파리에서 밥을 짓다 글을 지었다
○ 2020 문학나눔 선정

두 여자의 인생편집 기술
여성들의 더 좋은 삶을 위한, 멋진 언니들의 화끈한 통찰과 다정한 조언

15라운드를 버틴 록키처럼
세상이라는 '링' 위에서, 오늘도 그로기 상태일 당신을 위한 위로